花的学校

[印]罗宾德拉纳特·泰戈尔 著

郑明生 译

北京理工大学出版社

BEIJING INSTITUTE OF TECHNOLOGY PRESS

图书在版编目（CIP）数据

花的学校／（印）泰戈尔（Tagore，R.）著；郑明生译. —北京：北京理工大学出版社，2017.7 重印

（青少年诺贝尔文库）

ISBN 978－7－5640－7770－9

Ⅰ.①花… Ⅱ.①泰… ②郑… Ⅲ.①童话－作品集－印度－现代

Ⅳ.①I351.88

中国版本图书馆 CIP 数据核字（2013）第 113591 号

出版发行／北京理工大学出版社有限责任公司

社　　址／北京市海淀区中关村南大街 5 号

邮　　编／100081

电　　话／（010）68914775（总编室）

　　　　　82562903（教材售后服务热线）

　　　　　68948351（其他图书服务热线）

网　　址／http://www.bitpress.com.cn

经　　销／全国各地新华书店

印　　刷／保定市中画美凯印刷有限公司

开　　本／880 毫米×1230 毫米　1/32

印　　张／7.5

彩　　插／5　　　　　　　　　　　　　　责任编辑／王俊洁

字　　数／131 千字　　　　　　　　　　文案编辑／侯瑞娜

版　　次／2017 年 7 月第 1 版第 4 次印刷　责任校对／周瑞红

定　　价／26.00 元　　　　　　　　　　责任印制／边心超

目　录

1　童话新语

仙人世界

如果有人想试着去搜寻传说中国王的宫殿,就会发现不知道什么时候,那座宫殿突然不见了。

传说中国王的宫殿,墙壁如同银子一样雪白,屋顶如同金子一样闪亮。

传说中,国王的妻子住的宫殿有七个大院子,她身上戴着的珠宝十分华丽,比七个国王的全部财产还要昂贵。

国王的宫殿到底在哪里呢?我的朋友,我将靠近你的耳畔,小声地告诉你。

宫殿啊,就在我们一不小心就可以瞥见的地方——它在我们的阳台上,那上面还有一盆杜尔茜花。

国王的女儿还在熟睡,她睡在大海的另外一边,就在七个大海洋外面,无法触碰。

这个世界,只有我,才可以找到国王的女儿沉睡的地方。

她的手腕上有一只精致的镯子，耳朵上是嵌有圆润珍珠的耳环，她有一头非常长的头发，慵懒地散在肩头，发梢都可以触碰地面。

我只需将魔杖轻点，公主就会面带笑容地苏醒。在她微笑的时候，嘴唇如同美丽的宝石。

她待在阳台某个地方，我的朋友，她住在有着一盆杜尔茜花的位置。

你去河边洗澡时一定会路过的那条路，就在我们家房顶的阳台上。

现在，我正蹲在蒙有阴影的角落里。

我只和小猫待在一起，因为只有小猫清楚传说里的理发师住哪儿。

我的朋友，你把耳朵凑过来，我会小声跟你说传说里的理发师在哪儿。

他呀，待在我们家阳台的某个地方，住在那摆有一盆杜尔茜花的位置。

花的学校

黑云跟上雷鸣轰轰地从空中路过，一场来自六月的大雨紧随而来。

东风湿漉漉地，从荒芜的田野狂奔而过，竹林也欢快地吹起了口哨。

漂亮的小花一下子冒出地面，风吹过来，绿草们在狂舞。

我猜测，小花们应该在地底的学校上课。

他们呀，常常被关在教室里，认真地写作业，等到下课也没有办法到地面上来玩。因为如果出来玩，老师会罚他们站墙角。

只有下雨了，他们才可以出来玩。

树枝相互地交叉，抱在一起，翠绿的叶子被风吹得沙沙地响。

黑云与雷鸣路过，小花们则穿好紫色、黄色以及白色的衣裳冒出地面。

你明白吗？小花们在天空住着，它们呀，和星星们在一起住着。

你猜小花们为什么这样匆忙，他们是去哪里？

因为呀，花儿有妈妈，跟我有妈妈是相同的。所以，花儿举起两只手臂朝远方赶去。

小大人

我的年龄十分小，因为我现在还是个孩子，等我长得跟爸爸差不多高大时，我才算长大了。

如果那时，老师跟我说"时间到了，快将你的石板和书交上来"，我将跟他说："难道你还不晓得我跟我爸爸的年龄差不多了吗?"

于是,我毅然退学了。

老师非常惊讶地说道:"你的爸爸现在肯定不需要学习了,因为他现在是个大人。"

我穿好自己的衣裳,来到有很多人走动的大街上。

我的叔叔发现了我,他对我说:"我的侄子,你会找不到回去的路,我领你走吧?"

我跟他说:"叔叔,你没发现吗?我跟我的爸爸同样高大了。我要一个人去大街。"

叔叔十分地感叹,他跟我说:"没错,你的爸爸能决定自己以后去的地方,因为他现在是个大人。"

等我付给保姆工钱时,我用钥匙开启装钱的箱子,妈妈急急地走出浴室,说:"真是个调皮的小孩,你想干什么?"

我跟妈妈说:"妈妈,你没发现吗?我跟我的爸爸同样的高大,我付工钱给保姆。"

于是,妈妈感叹一声,跟我说:"你的爸爸能决定付钱给谁,因为他现在是个大人。"

十月的假期到来,爸爸回到家。他还认为我现在是个小孩儿,所以他从城市里面带回了小小的鞋子与小小的衣服。

我跟他说:"爸爸,你把这些全部给哥哥吧,因为我现在跟你同样的高大。"

爸爸思考了一下,才跟我说:"你的哥哥能决定喜欢的衣服,因为他现在是个大人。"

英雄

妈妈,你可以想到吗,我俩一起前进在旅行的路途中,会路过一片不熟悉且十分危险的地方。

那时你待在轿子中,我骑上一匹大红马紧跟在轿子旁边。

傍晚来临,太阳缓缓地从天边沉下。

我和你的不远处就是约拉地希的田野。一眼看过去,田野十分阴沉,看起来又荒凉又冷清。

你的心里十分担忧,就紧张地问我道:"这是哪里?"

我安慰地向你微笑:"妈妈,不用担忧。"

这个地方的草根针尖一般倒向一边,狭窄又弯曲的小道从脚下蔓延到深处。

一眼看不到边的田野上,连牛的身影都没有。我猜,它们是回村子了。

渐渐地,天终于全部沉了下来,周围的大地与天空被朝霞所吞没,我和你几乎分不清楚方向。

忽然,你将我叫到身旁,小声跟我道:"发现没,河那边有火。"

你说话的声音还没停下,就听见大声的呐喊——深夜里,有一群人朝着我们冲来。

你受到惊吓,躲进轿子里,还不断地跟上帝祷告。

为你抬轿子的那些轿夫发现了跑过来的人影,全部开始颤抖,马上朝着荆棘林里跑去,并躲在里面。

我向你呼喊:"母亲,你别害怕,我不会离开你。"

那群人的手里面举着非常长的棒子,头发披散着跑到我们面前。

我吼道:"当心点!你们这群坏蛋!如果再朝我靠近,当心死在我手下。"

那些人没听我的吼叫,一起大声呐喊,跑了过来。

你十分紧张地抓住我的手,道:"我的乖孩子,上帝会保护我们,我们先躲躲。"

我跟你说:"母亲,我会处理好的!"

我踢了踢身下骑着的大红马,朝人群跑去,我挥舞着长剑和盾牌,跟他们长长的棒子撞在一起,传来砰砰的声音。

这实在是一场激烈的厮杀,母亲,要是你探头看轿子外,肯定会被吓到。

这些人里面有很多被我赶跑,另外的则当场被我打死。

我心说,你一个人在轿子里面肯定很害怕。你心里肯定在说,你的孩子是不是死在战场上了。

我一身是血地走到你的身旁,跟你说:"母亲,他们都被我赶走了。"

你从轿子里出来,激动地抱住我,吻上我的额头,口中还自言自语:"我都不知道该怎么办了,幸亏你在保护我。"

一整天,没有很多惊险的事发生在我的四周,但是这件事忽然之间发生了,如同小说一般。

我的兄长听说了这件事后,跟我说:"怎么会这样呢? 我一直都还以为,弟弟跟以前一样的柔弱!"

整个村子里的人都知道这件事了,他们十分惊讶:"这个孩子居然跟他的母亲安然无恙地归来,真幸运啊!"

旅伴

长得不好看的人在这个世上十分多,我曾经看过一个旅伴,他跟那些人比起来,好看算不上,更多的是丑陋。但是,他周围的某些故事却令我十分赞叹。

他的年龄没有多大,但头顶已经没多少头发了,脑袋上残留的几根头发都是白的。他的双眼十分小,小到没有睫毛。而他的鼻子又高又大，几乎占走了大半张脸。他的额头十分宽阔，左边的头发一根不剩，右眼睛上面连根眉毛都没有。总的来说，他的面孔如同上帝匆忙赶制出来的。

我跟他相识在一艘航行在大海的船上。他不仅样子十分奇怪，就连性格都十分独特。

要是有个人不小心掉了一颗暗扣在餐桌上面，他发现以后就会马上拾起，然后钉在他身上的西装上，旁边有两三个同行的旅客发现他的行为，就别过脑袋小声地笑。如果发现有人将捆缚包裹的绳子丢了，他就捡起搓成一团自己留着。有的人随意扔掉不用的报纸，他同样会捡起，并折叠得十分整齐，摆在桌上。

他在用餐时同样仔细。在他衣服的口袋中，常常带有一瓶碾成粉末的开胃药，等该用餐了，他就将粉末倒入水中融化并喝掉，之后才仔细地咀嚼食物。就算是吃完饭，他也吞下一颗帮助他消化食物的药。

他很少说话，说话有点结巴，一开口就有人以为他是个傻子。有人在他面前谈论关于政治的话题时，他经常只默默地听别人说，而别人根本不能从他的面孔上推测他是否听得明白。

我跟他在船上相处了七天。这段时间里，不知道是因为什么原因，有的人偏偏厌恶他。这些人用夸张的图画嘲笑他，将他看作逗乐大家的笑话，和他说玩笑话也没有什么顾忌。他们整天都会找到不同的、奇特的词语描述他,将他看作一个充满想象力的东西,用十分荒谬的语言评论并完善他的形象,好像这么做是在修正上帝的错误,能使他某些缺少的部位获得改善。这些人肯定以为他们的讥讽是永远不会改变的真理。

他的怪异令所有人讨论不断,有的人猜想他可能是一名股票经纪人,还有的人猜想他是橡胶公司的总经理。不断的猜想刺激了大家对他的兴趣,有些人还因为这件事开始赌博,还有的人认为要远离他,将他看作妖怪一样警惕地疏远他。幸好,他自己似乎习惯他人的目光,这些事他都没有放在心上。

每到大家聚在吸烟室内打牌赌博时,他就自己在旁边随意坐着,好像看不起他们一样。而打牌的旅客则会小声骂他:“一毛不拔的铁公鸡!没志气!”

尽管跟旅客的关系不怎么样,但是他与船上水手的关系却十分的好。不过水手和他不能顺利地对话,水手的话他不明白,而他的口音带点荷兰人的味道,水手也听不明白。

每日清晨,水手们用橡皮管冲刷着甲板,他就跟着水手帮忙清理。他迟钝的举动令所有人哄笑不断,但是水手对他笑得十分友善。

在船上有一位年龄较小的水手,他的皮肤颜色很黑,两只眼睛看上去十分有精神,可是身材却十分瘦小。他知道以后,常常送苹果、橘子和画报给他。别人都认为他的做法伤害了欧洲人的面子,因此感到十分不高兴。

等船停靠在新加坡码头后,他给了水手们烟,还送给每个水手十美元,送了那个小水手一只金光闪闪的手杖。

最后他跟水手和船长说再见,急急地跑下船,去了新加坡的码头。

人们到后来才晓得他叫什么名字,吸烟室里赌博的那些人十分惊讶。

玩具的自由

穆尼小姐的房间里面摆放着一个从日本来的小玩偶,她的名字叫哈娜桑。它身上穿着一件豆子绿的长长的裙子,裙子上有漂亮的金色花朵。而小玩偶的丈夫,是从英国的商店来的,都说不清楚它是什么年代的王子。王子的腰间插有一把长剑,它的王冠上飞有傲然的羽毛。

黄昏来临,屋里的电灯啪嗒一下亮了,哈娜桑正坐在床上。窗外忽然飞入一只蝙蝠,它围着屋子不停地飞啊飞,影子就在地板上面盘旋。

哈娜桑对蝙蝠说:"蝙蝠,亲爱的朋友,我请求你带上我,去云朵上面吧。因为我不过是一只玩偶,我希望去美丽的天国里自由地玩耍。"蝙蝠听了它的话,带上它飞了出去。

这时,穆尼小姐回来了,她看到哈娜桑消失了,就着急地呼唤:"哈娜桑!你在哪里?"窗户外的大树上刚好落下一只鸟,那是神鸟邦迦摩,邦迦摩说:"她与蝙蝠飞走了。"

"邦迦摩!"穆尼恳求道,"你可以带我去找哈娜桑吗?"邦迦摩展开了翅膀,让穆尼骑在它背上,他们一整晚都在寻找哈娜桑。直到第二天上午,她们抵达了摩罗山上云朵住的地方。穆尼又开始喊:"哈娜桑,你在这里吗?我是过来找你的!我们回去玩游戏吧!"一朵蓝色的云飞来,跟穆尼说:"你们人类能玩哪些游戏?你们就会约束哈娜桑,把它看成游戏的道具。"

穆尼说:"请问你们又是怎样玩的?"

黑色的云在轰轰雷声里哈哈笑着飞来:"你瞧,它能够变成很多块碎片,变化出不同的颜色,在凉快的风与美丽的霞光里,去所有的地方,用任意的模样玩耍。"

穆尼对于云朵怎样玩游戏一点也不在意,她表情着急地说道:"邦迦摩,房里为哈娜桑准备好结婚了,如果丈夫没看到妻子一定会伤心的。"

邦迦摩微笑道:"那就拜托蝙蝠将丈夫也带到这里,让他们在云朵里结婚好了。"

"但没有哈娜桑,我在凡间就无法开心地玩了。"穆尼十分地哀伤,她哭出声来。

"穆尼小姐,"邦迦摩跟她说,"等夜晚离开,天边慢慢升起太阳,在掉过雨滴的花瓣上面也能发现游戏的脚印,但你从来都没看到。"

染衣女

桑格尔的知识十分渊博,他说话的本事在整个国家里都十分出名。他的思维仿佛老鹰坚硬的嘴一般尖锐,多次如同闪电一样瞬间打败对方,让对方输得一败涂地。

在南印度,有一个人名叫奈亚伊克,他十分景仰桑格尔的大名,于是提议跟他举行一次辩论。而进行辩论的地方定在国王的皇宫中,赢得辩论赛的人可以赢得国王的奖赏。

桑格尔立即答应,但他看到自己的头巾脏了,就急急地去了查希姆的染衣房。染衣房的位置是在一个用篱笆包围的菜地旁。染坊的主人有一个女儿,她的名字是阿米娜,十七岁,她正坐在菜地边唱歌边磨碎等下染衣服用的调料。她的头发用一根红绳扎起,漂亮的棕发落在肩头。她身穿的纱丽服,是漂亮的天蓝色。

等她将弄好的调料给她的爸爸时,桑格尔正巧也来了。他跟染坊主说:"查希姆,我将在国王的皇宫里进行一场辩论,麻烦你将我的头巾漂染成金黄色吧。"然后他将头巾留下,急急地走了。

清澈明亮的水从水渠慢慢地注入菜地,阿米娜则在距离水渠不远的一棵桑树下面清洗桑格尔的头巾。春天的阳光照在水面上,发出莹莹的水光,斑鸠站在离水渠有段距离的芒果树上欢快地唱。阿米娜将头巾洗完,就想把头巾晒在草坪上,她发现头巾上面绣有一句话:我的额头上,留下了你的小巧细足。这句话感动了她,她认真地想了想,就连在树上叫着的斑鸠都不记得。

然后,她去染衣房里翻出了针线,又在那句话的下面绣上另一行:可是我的心却无法感到你的爱抚。不久,桑格尔取回了头巾。过了不久,桑格尔再次来到了染衣房,问染坊主:"你知道谁往头巾上绣了这句话?"查希姆慌张地跟他说对不起:"先生,是我不懂事的女儿。希望你谅解她无知的举动。您现在先前往皇宫参加辩论吧,到时候即使有人发现了这句话也不会知道是什么含义的。"

桑格尔朝染坊主的女儿看去,说道:"染衣女,你小巧细足的爱抚离我高傲的额头远去,跟你的针线一起渗透到我的灵魂深处,我将不再去皇宫了,从此不会再去。"

2 不同的童年

　　希罗娜阿姨正欢快地在厨房里做事。别人常常遇见她手捧两只铜罐,到池塘边打水。池塘离她的厨房没多远,路上还铺有石阶。

　　她有一个外甥,外甥的妈妈很早以前就去世了,所以他成了一个没人教的小孩。他每天都露出上身,并且不理别人说什么。他整天捉弄别人,仿佛他才是池塘的拥有者。他开心时喜欢蹦到池塘里玩耍,然后从水里露出脑袋,骄傲地冲天空吐出嘴里的水。没事儿做的时候,他就站在池塘旁的石阶上面,冲水面丢碎瓦片,注视碎瓦片从水上刷过,觉得很高兴。偶尔他寻来一根长长的竿子,装成渔翁待在水旁钓鱼。他还爱爬树,经常去摘黑浆果吃,不过他没吃多少,反而还丢掉许多。

　　有人说,池塘真正的拥有者是个头顶没头发的胖地主。每到十点钟,他会去池塘洗澡,在洗澡前,他将涂一层油在身上,然后忽地一下蹦入池塘里。他将全身都没在池塘里,没多久就回到池塘边,嘴里不断地发出祈祷声,好像是为没淹死而十分高兴。之后他就穿好衣裳,穿过一片竹林回自己的房子了。可是听别人说,这段时间他一直在忙着跟人上法庭,所以尽管田契写明这座池塘的所有权是他的,可事实上他从来没管过。

树林、沼泽、荒地、沉船、破庙和罗望子树这些全是希罗娜外甥的地盘。有人去池塘洗衣服时,就将驴的绳子绑在果园的一棵树上,希罗娜的外甥会悄悄溜进来,跳在驴背上,拍拍驴屁股就飞奔而去,他哈哈笑出声来,好像骑在一匹雄伟的战马上。虽然驴有事儿要做,可他没有事儿做,于是这头驴仿佛变成他的东西,法官也无可奈何。

每个爸爸妈妈都期待自己的孩子用心学习,读出成就后全家都十分光荣。于是,他也被希罗娜带去学校学习,但他常常逃学。有的老师甚至会叫一个学生将他拖下驴背,再拽着他路过一片竹林,最后带入教室。他讨厌读书和做作业,他爱去集市、河边和野外玩,但他没有办法,只能被困在教室,将心思都放到学习上。

我以前也年轻过,河流、田野和天空好像是上帝专门给我创造的一样,但我没来得及去享用,它们就失去了原本的作用。

破旧楼房的角落,是我住的地方,一般没有机会出去。我天天都可以在阳台上看见仆人们唱着小曲子,手忙碌地做着酱包,又任意往墙上涂起鲜红的汁水。

楼上铺满大理石的地板，看上去既明亮又光滑，百叶窗上悬着漂亮的窗帘。而离楼下不远的地方则是那一条前往池塘的石阶，还有一排椰子树长在墙边。池塘右边还有一棵长得十分茂盛的老榕树，看上去如同一个披散头发的人沉默地立在那里。

到了早上，附近的人全部要去池塘旁洗澡。等到下午，有阳光落在池塘的水面，还有一些鸭子慢悠悠地在池塘中玩耍，时不时还用它们的嘴清理羽毛。

日复一日，我一直被关在小楼阳台上，注视这一切。

老鹰傲然地在天上飞翔，十分自由地在天空飞翔。我猜，它们能看见比这里要多得多的美丽景色。大街上有人在叫，时不时传来敲铜盘的声音，我不看都能猜出是个有些苍老的布贩子在吆喝。人声喧哗，水渠里的水悄悄流进池塘，水渠的水是恒河那里流来的。

这个世界太过宽广，小孩子才是广阔世界的帝王。但我太穷，无法自由去楼下玩耍。我默默地渴望着，用双眼眺望着，波光闪闪的水面有阳光照射，榕树的树顶罩出一块阴凉的地方，椰子树的枝条跟着风摇摆。现在，我离它们太远，只能一个人在阳台上玩着。

周围的楼房高高耸立，只露出一片窄小的天空，仿佛是一张看不出表情的脸愣愣地注视我。只不过脸的另一面暗潮涌动，连天空都变了颜色。黑云翻滚，好像双眼满含怒气的狮子，从榕树上方扑了过来,吓得池塘里的水不停发抖。

大风和树林之间,隐隐地露出孩子们渴望自由生活的想法。从东方的海边飞过来的一片云朵,飘来这里当我的朋友吧。

大雨瞬间倾盆而下,池塘边的石阶都被雨水淹没。雨下得很大了,我还趴在床上睡觉,草木的清香从窗外涌入我的鼻子。我从梦中醒来,站在窗前,默默注视窗外犹如从盆里倾倒出来的大雨,我看见院子里的雨水已经有膝盖那么高了,而且还不停地从屋檐上往下流,最后又与地上的雨水汇集在一起。

上午,我从后面的窗户看外面的时候,发现池塘里满是水。这个池塘太小,装不了那么多的水,结果都溢了出去,最后全部流进果园去了,果园里的苹果树都被水淹得只能冒出头来。

附近的邻居们高兴地边叫边跑出来,快乐地用毛巾和披肩在池塘中抓鱼。

在昨天以前,我跟池塘是相同的,都被束缚着。不管是白天还是夜晚,我只可以看着池塘独自想事情。水面上映出榕树摇晃的影子,踱步行走的黑云只会在水面上逗留片刻。阳光从榕树重叠的枝叶间投射到水面上,仿佛向水面丢了很多金子一样。池塘双眼满含泪水,瞻望着天空。

而现在,池塘得到了自由,它如同一个到处游走的和尚,远离自己开始待的地方。但我却一如既往,得留在那个小小的地方,看我的几位哥哥坐在停在池塘不远处的小舟上,顺着池塘抵达小巷,再顺着小巷去了大街,再然后我什么都看不到了。然而,我的灵魂仿佛也随着那只小木舟晃荡着去向很远很远的地方。

白天一下子就过去了。

天空的云朵和傍晚的天色相互交融,又跟池塘里那棵榕树的倒影接在一起。

路上的灯一个个都亮了起来,暗淡的灯光投射在地面,而路上早就没人了。家里的灯光欢快地在玻璃罩子中跳跃。窗外是一片黝黑黝黑的布景,隐隐约约还可以发现椰子树的枝条,幽灵似的从窗户外面向里面挥手。小巷两边的房屋门紧闭,偶尔还能从几扇窗户的间隙里,看到里面泄露出来的几缕暗淡的光芒,如同一只只即将睡过去的眼睛。

不知道从什么时候起,所有的事物都陷入睡眠。

夜深人静,四周听不到一丁点儿声音。只不过时不时会听到更夫从楼外路过的动静。

不管是哪一年下雨的季节,我都觉得心情十分好,我的心不由得跟着雨唱起欢快的歌。

娑罗树在小声地说话,棕榈树叶啪啪地拍起双手,翠绿的竹子悄悄摇摆起纤细的身体,七叶树和豆蔻树齐刷刷地往下抖落花瓣。

如今的小孩子与我儿时差不多,都喜欢往风筝线上面涂上一层特别的胶水。

那种渴望自由的心情只有自己清楚。

3　山茶花

　　我不经意间，遇见一位名叫卡梅拉的女孩，我是从她的练习本上注意到她叫什么的。那一天，她与弟弟共同上了电车，似乎是要去学校上课。

　　那时我正坐在她后面的一个位置上，我看到她漂亮的长发散落在肩头，美丽的脸被阳光照得十分白皙。她紧紧抱着上课用的课本和练习本。

　　我想多看她一下，所以到站了我故意没有下车，等注视着她下车之后才下去。

　　从那一天起，我更换了出门的时间，并不是我的上班时间有变化，只不过是她的上学时间让我的上班时间得到了改变。这样，我上电车后就可以常常发现她。并且，每一次我都会坐在她后面的座位。因为这样子我不仅能仔细看她，还可以不尴尬。

　　我在心里说，就算我们现在都不认识对方，可我们也能说是同路的人。她的身上弥漫着聪明的气息。她额头上的头发往头顶上梳去,一根刘海都没有落下,我完全可以看见她眼里的神色。而她的双眼里拥有的色彩是如此的纯洁,我好像永远都不会看厌。

慢慢地,我开始向这个世界抱怨,怎么就不发生点什么意外的事儿呢?如果发生了,那我就能来一出英雄救美,向她展露我的作用了!好比说街头有什么混乱出现,要不然就是出现横行的恶人。对于现在,这种事不是十分普通吗?为什么不可以发生在我身边?

但不管我是在祈祷还在是埋怨,我的生活仿佛一汪死去的水,不会有波澜壮阔的一天。时间如同一只蠢蠢欲动的青蛙,在沉默的蹲守中慢慢流逝,既不会有鲨鱼、鳄鱼过来转转,更不可能会有优雅的天鹅在这里停留一会儿。

某日,电车上面挤满了乘客,连空气都变得污浊起来。我发现卡梅拉的旁边站着一个青年,他说话的口音是孟加拉国语,里面不断地又掺上几句英语。我一看到他的样子,心里就蓦然生出一种抓下他的帽子,然后将他举起来从车里扔到外面去的冲动。但我没有合理的借口,只能压抑住自己战栗的双手。

这个时候,那名青年在他的口袋里抽出一根很粗的雪茄,点起火以后开始抽烟。我突然觉得幸运女神终于为我赐福,我表现自己的时机到了。所以,我马上从座位上站起,向他走去,义正词严地跟他说道:"请灭掉你的烟!"但那青年装成一个聋子没听见我的声音,自顾自地继续抽烟,嘴里吐出烟雾。四周的乘客都远远地观看,没有一丝站出来责怪他的想法。

我并不在乎旁边人的反应,我需要的正是一个冒头的时机。我突然将烟从那名青年嘴里抽出,顺手从车窗丢了出去,然后两只手握紧,瞪大双眼看着他。他盯了我好一会儿,一句话也没说,转身离开了。我想,可能他明白我有多厉害了,因为足球场上,人人都赞我勇猛。

卡梅拉的脸色变得通红,她低下头假装在看书,但她的手还不停地在发抖,她一眼都没看我见义勇为的行为,反倒是车上其他有正义感的乘客不约而同地跟我说:"先生,你做得好!"但卡梅拉一点儿反应都没有,我只能装作淡定地坐回我的位置。

又过了一会儿,卡梅拉连站都没到就下车了,然后她打了一辆出租车离开。之后两天的时间,我都没能再发现她的身影。

到了第三天的时候,我发现她正坐在一辆黄包车上。我突然明白自己的行为太过莽撞了。遇到这种事,她会自己解决,我根本不用多嘴。

我不由得再次感叹自己的一生仿佛一汪死去的水,仗义的行为如同一只蠢蠢欲动的青蛙,这些想法不停地折磨我,令我感到很后悔。

我下定决心要纠正自己的失误。没多长时间,机遇来了,我探听到卡梅拉全家人都会去大吉岭那里避暑。我心说,这一年我得去外面透透气,所以下定决心要去大吉岭。卡梅拉家有一幢别墅,名字是"摩迪亚",别墅建在大吉岭山路不远处的林子里,在那里能看见远处山峰顶上的积雪。

等我赶去大吉岭,却得知她们一家人取消了去大吉岭避暑的想法。我正想返程时,又遇到一位名字是汉拉尔的球迷。他又高又瘦,鼻子上架有一副眼镜,看上去很斯文。从与他的谈话里,我知道他的消化系统不是很好,之所以来这儿,是因为大吉岭清新的空气也许可以给他一点儿帮助。等到后面,他才将接近我的目的说了出来:"我的妹妹泰努卡很想与你见面。"

尽管我对汉拉尔的妹妹没有什么想法,但我又无法拒绝这位忠诚的球迷。所以,我去看了那位名字是泰努卡的小姐,她看上去比她的哥哥还要单薄,就跟影子差不多,瘦得不能再瘦。但她对我这个踢足球有名的人很是仰慕,这令我的心里得到一点儿安慰。她以为我答应跟她出来相见还谈话,算默许我对她有特别的想法。

唉,老天爷总是捉弄人!

等我要离开大吉岭回家时,泰努卡对我暗示道:"有一件礼物我想送予你,这是一盆随时都能让你想起我的花。"

真是八卦！我没有说话，以此表达我心里的厌烦。

"这是一种很名贵的花。"泰努卡接着说，"这可是在恒河平原好不容易种出来的。"

"那是什么花？"

"山茶花。"

我吃了一惊，突然间念到一个跟山茶花发音差不多的单词，这个单词仿佛一道闪电割开我阴郁的心。我轻轻地笑，自己对自己说："山茶花，要得到你的心可真不容易！"

我并不明白她是怎么想我的话，但是她的脸忽然红了起来，高兴得几乎浑身发抖。我没有多想，就收下了她的山茶花，心说要是花开了，我就把它送给卡梅拉。

所以，我捧上山茶花往回家的路走去。到火车上，我原本要将山茶花小心放在安全的地方，但之后我明白安顿好这位"旅伴"真让人费心思。最后，我把山茶花藏到车厢的盥洗室里面。

去大吉岭透气的日子如此完结。之后的几个月里没有事可以说一说。我的人生仿佛一汪死去的水，时间如同蠢蠢欲动的青蛙……

等祭神节放假，在绍塔尔族聚居区发生了一件让我十分尴尬的闹剧。聚居区处于一个位置偏远的小山里面，具体的名字我不想说出来,反正是个有钱人都不可能去的地方。

卡梅拉的舅舅家是在这里,他是一名铁路工程师,他的家位于一片娑罗树后的名字是"松鼠的村庄"里面,在那里能望见很远很远处不停起伏的山脉。

村庄不远的沙地里朝外涌出泉水,帕拉斯树上满满的都挂着野蚕茧,甚至有赤裸身体的绍塔尔族牧童坐在水牛背上四处游走。

村庄没有住的地方,我则在离河不远的地方搭了一个帐篷,晚上就睡在那里,陪伴我的只有山茶花。

卡梅拉跟她的妈妈一起到了村庄。在太阳还没冒出脑袋时,卡梅拉撑起一把漂亮的花伞,姗姗行走在娑罗树林里,凉爽的微风温柔地摸过她的脸,小花们在她的脚下一起弯腰,虽然她并没有发现这些。之后她路过一条干净的小河,到河另一边的树下面看书。

虽然她依然没看我一眼,不过我明白,她早就发现我了。

某日,我发现她正坐在河边用餐,那个时候我十分想朝她走去,然后跟她说道:"我可以帮你干些什么吗?我能为你打水、砍柴,不远的林子里也许还有脾气很好的狗熊。"

这个时候,我看见她的旁边还有一位身穿英国丝绦做成的衬衫的青年,他坐在那边,伸直了腿,嘴里还叼有一根哈瓦那雪茄。卡梅拉就在旁边漫不经心地玩着蔷薇花,她的旁边还摆有一本英国文学月刊,我看到她的双眼注视着她身旁的青年。

我突然之间什么都明白了,我不应该出现在这安静的小河边,甚至多管闲事到令她没有办法再忍下去了。原来,她一直在躲着我。我应该早点识趣地离开。不过我现在并不想离开,我想在这里再待一些日子,直到山茶花绽放,我再拜托别人帮我送去,完成我一直想做的事。

在等花开的日子里,白天我在外面打猎,傍晚一到帐篷就为山茶花浇水,并仔细地注视山茶花每个小小的变化。

终于,花开的那一刻到来了,我叫为我生火的绍塔尔族姑娘过来,让她进帐篷,并拜托她将这盆山茶花用娑罗的树叶仔细包好,送给卡梅拉。

那时,我手捧一本侦探小说一边看,一边等那位姑娘到来。但那位姑娘没进来,只在帐篷外,我听见她柔软的嗓音:"先生,有什么事需要帮忙吗?"我走出帐篷,却发现一朵漂亮的山茶花正戴在她的耳朵上,肤色黝黑的脸现在看起来十分精神。我突然呆住。

她耐心地再一次问我:"先生,有什么事需要我帮忙吗?"

"我不过想看你戴花是什么样子。"话一说完,我马上开始收拾东西。

4　一个历史悠久的小故事

又想听我说故事吗？不，我现在是说不了故事啦。因为我太劳累了，所以没什么心思说。请让我歇息一下吧！

说不清楚，究竟是哪个人让我达到现在的境界，我实在不懂，你们为什么老是这样子一大群人和我在一起，还鼓励我并对我有所期待。大概是因为天生的性格，你们突然之间对我产生偏爱，并一直想办法维持这种偏爱。

不过，你们莫名其妙地将工作交给我，我是很难接受的。我不会看轻自己的能力，也不会为自己的才能感到骄傲。上天将我做成不懂人性的生物，也没有给予我适合别人赞扬的性子。上天的信仰是：要是你想明哲保身，那么你就在一个没有人的地方生活好了！我的灵魂，也经常渴望能去一个人很少的生活安逸的地方。但是，我不明白是上天故意玩弄我，又或者是它无意安排，非要将我弄到这个人山人海的社会。此时，上天一定捂着嘴偷笑。原本我也想要嗤笑它，但我做不到。

我从没想过，逃离是可用的办法。在军队里，经常有很多逃跑的人：这些人热爱和平，讨厌战争。不过，不管是自己软弱，还是别人诱惑。只要成为军人，到了战场，总想着离开这里，就是可耻的。命运之神对人的安排，其实都没有经过认真思考，所以不是一点儿错误都没有。但是只要命运之神作出决定，人类能做的只有服从。人们自以为清高，自己以自己为中心，即使这样也不算太迟。人世间，这样的事情是屡见不鲜的。所以，一个平凡的、品德又不高尚的并且顽皮的国王，即使仆人也不是完全信任他。没错，太注重荣誉与耻辱，只会做不成大事。只有摒弃自己的欲望，才能获得赞许。

要是你们想听我说故事，那你们过来吧！我应该会说些什么。

不管是疲惫还是灵感，我才懒得理呢！

此时，我记起一个历史悠久的故事。这个故事不是很精彩，不过我猜你们一定很有耐心地听我说完。

很久以前，有一条很大的河，离河不远的地方有一片长得很茂盛的林子，而林子跟河边，则住有啄木鸟与田鹬。那个时候，这片土地的虫蛹很多，所以它俩完全不懂什么叫饥饿，每次都吃得很饱，长得十分肥胖。它俩歌颂大地的恩赐，它们游荡在大地身上。

时间慢慢地流逝，这片土地上的虫蛹渐渐变得罕见起来。

此时，住在河边的田鹬跟住在树上的啄木鸟道："啄木鸟朋友，

世界上有很多人一直以为这个地方又年轻又肥沃,风姿绰约,不过,我现在觉得它既衰老又贫瘠,简直无法入眼。"

"田鹬朋友,"啄木鸟跟着说,"很多人都想,这片林子很有活力,还很优美迷人。可是在我眼里,它死气沉沉的,也只有外表很好而已。"

所以,它俩决定一起证明自己的观点。田鹬飞到河边,用嘴去啄湿软的脏泥,想证实土地是多么的腐朽。啄木鸟也不停地用嘴去啄硬邦邦的树干,以此表现林子有多么的空虚。

这两只偏执的小鸟,一点儿都不会唱歌这门艺术。所以,等杜鹃再一次向它们报告土地快要百花齐放,云雀不停歌颂林子重新苏醒时,饥饿的两只鸟一肚子埋怨,坚信自己的看法,不停地埋怨。

你们喜不喜欢这个故事?大概你们并不觉得很喜欢。这个故事唯一的好处就是言语简单。

大概你们从不以为这个故事有多么的历史悠久,但实际上,它的确是世界上最古老的,并且永远都是崭新的故事。这么长的一段日子,知恩不报的啄木鸟,对土地坚定不移的崇高品质,一直都在埋怨。而田鹬对于土地富有丰盛的美德也不停地责怪。一直到现在,它俩都还不停地抱怨呢!

你们大概会问,这个故事里面有悲哀或好笑的事情吗?当然!

不仅有悲哀的,也有好笑的!悲哀的事情是,不管大地有多么的慷慨,树林有多么的宽广,只因一张小小的嘴巴无法找到美味的东西,就狠毒地去中伤与诽谤。好笑的是,虽然经过亿万年的时间,大地一直都这么年轻,树林也依旧枝繁叶茂,要是哪个死掉了,不用猜都知道是那两只心里有妒忌的不走运鸟儿,并且这个世界上再也不会有人想起它们。

到现在,你们知道这个故事想说明什么吗?这个故事不难理解!大概要等你们的年纪大一点,应该会明白的。

5 喀布尔人

　　我的女儿米妮在她五岁那一年,性格十分开朗,每一天的话好像都说不完。只不过,这不是事情的起点,从一开始她就是这样。她大概在一岁时就学会怎么讲话,从此后,她几乎没有一会儿不说话。她妈妈常常为了这事责怪她,不过就算是这样她也不曾收敛。

　　但我认为她这样也不错,如果她一下子不说话,我倒还有点不适应。等她不说话的时间再长一点,我甚至感到很不舒服。就这样,我很爱跟她说话,她也爱与我聊天,并且不会觉得厌烦。只要一说话,她的小脸就充满快乐的光芒。

　　某天早上,我还坐在书桌前写故事。米妮来到我的旁边:"爸爸,看门人罗摩多亚将'乌鸦'说成是'老鸹'。他是什么都不明白吗?"我刚想跟她说明这个世界有许多东西的叫法都不一样,她却没有再去纠结这个问题,反而向我问起新的问题:"爸爸,博拉说,下雨是大象用鼻子在天上喷水。你看,她老是乱说,不分白天夜晚地乱说。"

我刚准备要跟她说明下雨是怎么一回事,她却问出一个古怪的问题:"爸爸,你跟妈妈是什么关系?"我在心里说,你妈妈当然是我心里爱着的人啊,但是我嘴里跟她说道:"米妮,我还有事情要做,你跟博拉去玩。"

米妮却不听我的话,而是在书桌边的地上坐下,两只手敲起了自己的膝盖,之后她自己跟自己说起了绕口令,我知道,这是她自己玩的游戏,所以我就将心思放在小说上面去了。

我的故事正好写到第十七章,那是一个月黑风高的夜晚,故事的男主角抱起女主角从监狱的高窗上面猛地跳进河里。紧接着,米妮忽然之间停止玩游戏,而是跑到窗户前,用手指向对面的大街高声喊:"爸爸你看!那里有个喀布尔人!你看!是喀布尔人!"

我向她指的位置看了过去,有一个身材十分高大的喀布尔人刚好路过我们门前。他看起来十分萎靡,走路的速度很慢。他身上有一件宽松的衣服,看上去既邋遢又肮脏。他的头巾绑得老高,肩上还扛有大布袋,另一只手里面则拿有几盒葡萄干,在街上吆喝。

我清楚女儿发现这样的喀布尔人会有怎样的想法,但我只见她很高兴地高声叫出来。我觉得这位背有大布袋的喀布尔人今天很有可能面临一场灾难,我的故事的第十七章,看样子今天是完成不了了。

米妮的大声叫唤总算是引来喀布尔人的目光,他发现了我的女儿,并面带笑容地走近。但米妮发现他朝她走近,就猛然冲进里头的屋子躲起来。我在心里想,米妮大概认为喀布尔人的大布袋里面装有几个跟她差不多年龄的孩子。

喀布尔人走到我的面前冲我挥手,他的脸上依然带有微笑。尽管我认为将故事的男主角跟女主角一直放在水里泡着也不是办法,不过既然我撞见了这位喀布尔商贩,怎么说也得买几样东西意思下。

所以我在喀布尔人那里买了点东西,东西买完没多久,我跟他开始聊起天来,我和他从阿富汗人一直谈到英国人,最后我们还谈论一下有关国家的政策。等他快要走时,似乎忽然想起什么一样,他问:"之前向我打招呼的小女孩在哪儿?"

我在心里说,米妮既然把喀布尔人叫过来了,怎么说也得跟他见个面。所以,我去了里面的屋子,耐心地跟米妮解释很久,她才消除了对喀布尔人的恐惧,去了他的跟前。但米妮一直紧紧站在我身边,两眼十分奇怪地看着他,以及他那看起来很大的布袋。喀布尔小贩一见她,马上从布袋里面拿出一些干果递给米妮。可米妮不愿意接,看来她好像越来越觉得喀布尔人很可疑,她朝我靠得更加紧了。

　　喀布尔人毫不在意地笑笑,什么话都没说,转身走了。这是米妮跟喀布尔人的首次相见。

　　又过了几日,那天上午,我刚要离开,忽然发现米妮坐在门口的板凳上,她的旁边坐着之前的喀布尔小贩,他们两个人十分愉快地在说话。事实上喀布尔人只是听众,间断地用他说起来并不顺口的孟加拉国语表达自己的几点看法罢了。也许在米妮的一生里,喀布尔小贩是她遇见的第一位这么用心听她说话的陌生人。

　　小贩一脸笑容,米妮侃侃而谈,她的口袋里兜满一堆的干果。所以我跟那喀布尔人说道:"请你别给她那么多的东西。"话说完后,我掏出一枚硬币递给他。喀布尔人并没有客气,毫不在意地接过硬币并丢入自己的布袋子里面。

　　当我到家的时候,我看到我给的一枚硬币换来比硬币原本的价值要高出一倍的东西。等我发现米妮母亲的手里面举起的那枚硬币时,我开始认为这件事真的是太麻烦了。米妮母亲又开始问她:"这枚硬币你从哪里得到的?"

　　"是喀布尔人给我的。"米妮纯真地回答。

　　"你怎么可以跟他要钱呢?"

　　"不是我向他要钱,是他硬要给我。"米妮感到十分委屈。

　　我正巧到家,又遇到这件事,所以我将米妮从她母亲的数落里解救出来,并向米妮问了一遍才知道,这已经不是米妮第一次跟喀布尔人见面了。每次见面,喀布尔人都会送很多干果来满足这位贪吃的小女孩。

所以没有多长的时间,喀布尔人就跟米妮混得相当熟了。我同样也跟喀布尔人熟了起来,并晓得他叫罗赫莫特。我常常会看见他跟米妮俩人开心地在一起玩,要不然就是说几个逗趣的笑话。

某次,米妮问他:"喀布尔人,你大大的布袋子里面到底有什么东西啊?"罗赫莫特微笑起来,他跟她说:"布袋子里面有一头大象。"我以为就算他的布袋里面真的有一头大象,这听起来也并不好笑。但他俩却为了这听上去十分一般的话而十分开心。在这个十分萧瑟的秋天,我听着大人跟女孩纯真而又十分爽朗的大笑,心里也觉得很温暖。

他俩也有很天真的对话。有某次,罗赫莫特问米妮:"可爱的小姑娘,你准备哪天去你的公公家呢?"

在孟加拉一般的家庭里,女孩子普遍都明白去公公家的意思是什么。但在我家,米妮从来都没听别人讲过"去公公家"之类的话。因此当米妮听见这个问题时,她犹豫了很久。但她从来都不是简单不说话的人,所以她反问道:"你又准备什么时候去公公家里?"

罗赫莫特挥动他的双手道:"我过去会将公公打一顿。"米妮并不明"公公"以及警察代表的含义,她隐约察觉到公公要被人打了,感到很可笑,就快乐地笑了起来。

在如此美好的秋天里,很多时间我都待在自己的房间里。尽管对于古代的国王来说,这是为国家扩建国土的好机会,但是对于我来说,去外面玩几乎是一件异常痛苦的事。我如同一株植物,更爱有规律的日子。

尽管我大部分的时间都待在屋子里,但我的心早就环游世界。只要听见什么外国有名的景色,我的心就似乎已经到达那里,看到那里的高山流水,感受那儿自由而开心的生活。

每日早上,在跟喀布尔人罗赫莫特一起坐在书桌前讨论时,我的心就处于游离的状态。喀布尔人向我提到他的故乡,我的眼前马上出现了一幅美丽异国的景象:高到无法攀爬的高山顶端,傍晚的太阳好像从这里沉下;在落日残留的阳光里,有一支驼队驮着货物在弯弯曲曲的山路间前进;驼队中有许多绑上头巾的商人跟旅行的朋友,这些人有的骑上骆驼,有的则在后面走路,还有的手握长矛,也有的手里捧着猎枪……

虽然罗赫莫特现在差不多是家里的熟客,但米妮的妈妈对喀布尔人表示出忧心。她一直都这样的警惕与小心,就算是听见街上有人们热闹的呼喊,她都认为是坏人们聚集在一起闹事,可能会马上冲进家里。她认为这个世界上几乎都是小偷、强盗、醉酒的人和毒蛇猛兽，还有疾病、毛毛虫和蟑螂。尽管她自己生活在这个世界上许多年，可忧虑还是常常盘旋在她的心里。

她经常提醒我，你一定要小心喀布尔人。但我以为她不过是庸人自扰，所以对她的提醒也没放在心上。不过她从不愿放弃她的观点，所以她接着说："你是没听别人谈过小孩儿被人拐卖的事件吗？你不清楚喀布尔到现在也有奴隶买卖？这个喀布尔人已经成年了，一个小女孩跟这样的人相处难道不会遇到危险吗？"

尽管我在心里肯定这种事不会发生，可不管我怎么说，她都不想相信。我很想让妻子的这种顾虑消失，我试图跟她说明白，但她从来不听，心里自始至终都有顾虑。但就算这样，我也不应该莫名其妙地拒绝罗赫莫特的接近吧？

每年的第一个月，罗赫莫特都会回喀布尔看望亲人。在他走之前，他会顺着街道向住在这里的人催收他们欠下的钱。不过就算他很忙，也会抽出时间过来看米妮，别人发现这样的事情，都觉得他俩是不是有什么不为人知的关系。一般罗赫莫特若是上午没来，那么他在下午的时候一定会来。有时我会在黄昏的时候忽然看到罗赫莫特背上他的大布袋待在房间里，心里面都有点紧张，但当我看见米妮笑着去迎接他，冲他叫"喀布尔人！喀布尔人"，然后两个人跟以前一样相处十分开心的时候,我突然感到我是不是太过于紧张了。

某天上午,我正坐在书桌前审阅稿件。那天天气很凉快,隐隐可以察觉到一丝寒意。不过温暖的阳光从窗户射进来,照在我的脚上,让我觉得很舒服。

这原本是清早起床做生意的小贩们顶住寒风回家的时间,但忽然间,街上一阵吵闹的声响传入我的耳中。我往窗户外面看了过去,就看到两个警察困住罗赫莫特从对面的街头走过,身后有来回跑的一群孩子在看热闹。一个警察手里正握着一把沾血的刀子。我匆匆起身,走到门外,问警察事情的情况。

在街坊沸沸扬扬的讨论声里,我认真地问警察与罗赫莫特,最后明白事情的经过:原来是罗赫莫特的某个顾客欠罗赫莫特的钱不愿意还,罗赫莫特因此跟他吵了起来,再后面争吵就演变成口不择言。罗赫莫特突然一冲动,一刀将那人给刺伤了。

罗赫莫特还不断地斥责那欠钱不还的顾客时,米妮小跑过来向罗赫莫特叫:"喀布尔人! 喀布尔人!"罗赫莫特一瞬间平静下来,并向她露出一抹笑容。但因为现在的情况,他没有办法再跟米妮愉快地聊天,于是他什么话都没说。

米妮忽然问:"喀布尔人,你是去公公那里吗?"罗赫莫特微笑着回答："对呀，我刚想过那边去！"但这次米妮没笑出来。罗赫莫特向米妮扬起他那双被手铐铐住的手，跟她说："瞧，我的手变成这样子，我没有办法去揍公公了……"米妮从头到尾都没笑，她似乎可以感觉到去公公那里不是件好事。罗赫莫特也没再说话，他被警察押送离开了。

我将米妮带回家里面，安慰她很长一段时间才令她逐渐地将这件事忘记。之后我听别人说罗赫莫特因故意伤人罪，被罚关在牢里几年。我和米妮就这样一点点地淡忘了他。不过我依旧每日都待在书桌前面，做着我一直在做的事。

时间过得真快啊，我很快就将那在牢狱经受苦难的喀布尔人给忘了，米妮也交了新的伙伴，她也同样地将她那位老朋友忘掉了。我并不是很喜欢米妮有了新朋友就忘了旧朋友。但看着她慢慢地长大，她几乎再也没与男孩子做游戏，却只跟玩得好的女孩子相处。同样地，她来我的书房缠住我的情况也越来越少，跟我的关系也变得有些疏远。

过了几年，又是一个神清气爽的秋天，米妮订婚了。结婚的时间就定在最近的节日。只要想起亲爱的女儿就快从我身边离开，而去她公公家住时，我的心里感到十分的失落。

结婚的那天，上午才下了一场秋天的雨，空气顿时变得异常清新,就连阳光也被这场雨洗得干干净净,将整个城市照得五光十色。喜庆的乐曲在天还没全部亮时就在我家里奏起。我听着这首乐曲,却感觉心里在不断地痛哭。喜庆的音乐带上我的哀伤,又掺上耀眼的阳光,响彻了整个天空。这一天,米妮将从我的身边离开,去她的公公家了。

热闹的人们在我家来来回回地做事,庭院中搭上招呼客人的棚子。屋子被装扮得十分华丽,不管是哪个地方都充斥着快乐的笑声。

我一直都待在书桌前翻看从前的一些小物件,忽然,罗赫莫特进来了。他朝我道声好,不过我一时间没反应过来是谁在向我打招呼。因为他现在跟以前不太一样,他高大的身材看不出以前的精神,更何况连那只大布袋也没背上。但是,我依然从笑容中将他认了出来。我跟他道:"罗赫莫特,你是怎么过来的? 有什么事吗?"

他跟我说:"就在昨晚,我从牢狱里出来了。"他说出来的话令我感到并不适合现在这种情况,如今我竟跟一个动手刺伤我的同胞的人距离这么近,现在再一次看见他,我并不觉得有多高兴。我希望他在今天这个我女儿结婚的日子里,能够马上离开,对于我来讲这更令我高兴。

所以我跟他道:"你也看见了,现在家里有事,请你马上离开!"

他听见了我说的话,转过身向门口走去,忽然之间,他面带犹豫地停下来:"我可不可以再跟你的小姑娘见一次面?"

大概是他的记忆里一直都留有米妮小时候的样子,他大概希望米妮再一次看到他并冲向他叫"喀布尔人!喀布尔人!",大概他又希望他跟米妮可以像从前那样子开心地谈话。我发现他带着一小包用纸包住的干果,这是罗赫莫特对于他们之间友情的一种纪念。我想这包干果应该是他向他的同胞那边要来的,因为他在之前就失去了大布袋。

"家里今天要办一件十分重要的事,"我跟他说,"米妮不见任何人。"他听完我跟他说的话,脸上露出很失望的表情,他愣愣地待在原地想了很久的事。之后,他用看起来很没精神的双眼看了我一眼,跟我道:"再见,先生。"然后转过身要离开。

我突然感到很抱歉,正想将他叫回来时,他却转回身,来到我面前,将那包有干果的小纸包递在我面前说:"请你将这些干果交给她。"

我接过干果,又想取些钱递给他,忽然,他用力地抓紧我的手:"先生,请你别给钱。我知道你是个好心的人,我一辈子都不会将你忘记。我之所以来你们家并不是想赚钱,而是在家里,我也有一个年纪跟你的女儿差不多的女孩,一旦我思念她,就带上干果送给你女儿。"

他边说边伸手在他的衣服里找了很久,才掏出一张又皱又脏的纸。他小心翼翼地将纸敞开,我发现那张纸上面是一个很小的手指印。这让我感到一点儿意外,因为上面并不是我想的相片或者是一幅画,而是看起来十分清楚的手指印。

罗赫莫特一年里大部分时间都在加尔各答做生意,但他常常将他对女儿的记忆揣在怀里。这手指印仿佛是他女儿小小的手,可以抚慰他思念家乡的难过。

看见这小小的手指印,泪水突然从我的眼里流了出来。我将我跟他的隔阂完全忽略掉,他是从喀布尔来的小商贩,我是孟加拉国高贵的人。我和他两个人的相同点是我跟他都牵挂着自己的女儿。

我马上派人将米妮叫进书房,虽然大多数亲人朋友不赞同,但我依然这样做了。米妮来了,她身上是一件美丽的嫁衣。新娘米妮一脸羞涩地站在我的旁边。

罗赫莫特一见到她,脸上顿时露出惊讶的表情。他明白,他现在再也没办法像以前那样跟她愉快地聊天了。所以他面带微笑地说:"小姑娘,你现在是要去你公公家吗?"

米妮一听他的话,脸颊突然红通通的,并背过身去。我突然回想起从前,他俩相处的场景,心里默默地感到哀伤。

最后，米妮一言不发地走了。罗赫莫特长长地叹息一声，然后坐在地上。也许他是记起他的女儿，现在，她应该也到结婚的年龄了吧。

温暖的秋阳里，罗赫莫特伴随着喜庆的乐曲，孤独地坐在加尔各答一条小小的巷里，他怀念远在阿富汗的故乡。我走到他的身边，将一张支票递在他面前说："罗赫莫特，将这个带回去吧！去探望你的女儿！我祝你跟你的女儿能一起共同享受生活的乐趣，你的幸福也能让米妮感到幸福。"

6　报答

　　大嫂今天又对拉什莫妮说了很多难听的话,不仅仅污蔑了拉什莫妮,还将她的丈夫拉塔木孔德也给骂了进去。大嫂在她的眼里已经没有形象可言,她在拉什莫妮的眼里根本就是个又刻薄、又狠毒的人。

　　不过,她的丈夫晓得这件事后,几乎没有什么反应。他表情平静地将晚饭吃完,并很有兴致地开始抽烟,嘴里面还不停地咀嚼可以助消化的枸酱叶。从头到尾,他一直都是从容的样子。那根烟抽光之后,跟平时一样,到了一定的时间就上床睡觉了。

　　但拉什莫妮心里始终赌着这口气,所以那个夜晚她的行为跟平常不大相同。拉塔木孔德看在眼里,可是一句话都没说。快睡觉的时候,她终于按捺不住,几步闯进睡觉的房间,也没看拉塔木孔德,将头埋在床边就开始痛哭。床都因她的痛哭而颤抖。

　　拉塔木孔德依旧一句话都没有说,并且他还用枕头堵住耳朵。但是拉什莫妮哭号的声音实在令他睡不下去。他明白,妻子之所以哭,是因为他漠然的对待态度,所以他小声地跟她说:"明天我得早起,做一件十分严肃的事,现在,我们应该睡觉。"

拉什莫妮没有因为他的话而平静,她哭得被子上都是泪水。拉塔木孔德问:"因为什么事情而哭?"

"今天大嫂说的话你是没听到吗?"她抽泣着说。

"因为这件小事? 大嫂其实并没说错什么。我从小都是哥哥带着长大的,你身上穿的、戴的,的确都是用哥哥的钱买下来的。既然我们接受了哥哥的帮助,你为什么又不可以跟接受衣服首饰一样去接受大嫂对你说的话呢?"

"这能跟吃穿比较吗?"

"不管怎么说,生活总得接着过啊!"

"再继续这样的日子我还不如死了的好!"

"你如今不还活着嘛,我请求你在我快要死之前能先睡下觉吗? 哭了这么久,应该停一下别哭了。"话音刚落,拉塔木孔德就先做了个榜样——他一下子就睡着了。

他们口中提到的哥哥,名字是绍什布松,他不是拉塔木孔德的亲生哥哥,准确地说,他们之间没有一点血缘关系。他们只不过是来自同一个地方的好朋友罢了。也正因为他俩相处得比一般人要好得多,甚至比亲生的兄弟还要好,因此大嫂布罗久逊多莉感到十分地厌恶。

绍什布松对他的好朋友拉塔木孔德夫妻真的照顾得太好了,他去街上买东西的时候第一个想到的是他弟弟的妻子。要是他无法买到两个一模一样的东西,那么就会将买到的东西送给他弟弟的妻子。

除此之外,绍什布松十分相信他的弟弟拉塔木孔德,不管什么事都跟他的弟弟讨论,对于弟弟说的话从不反对。在这里大嫂又没有了立足的地方。

因为绍什布松不会处理家务,两户人家发生的所有事情全部都是拉塔木孔德在处理。所以大嫂经常猜测拉塔木孔德是不是在暗地里欺骗她的丈夫,但是她从来都没有找到证明她观点的依据,所以她越来越讨厌拉塔木孔德。由于没找到证明她观点的依据,所以她常常很生气。她的怒火跟火山里的岩浆一样,沉默的时间长了,火山当然会喷发,所以大嫂时不时会给拉塔木孔德的家里人脸色看。

次日上午,拉塔木孔德一从床上起来,就一脸不高兴地去找绍什布松。哥哥发现拉塔木孔德的脸色很不好,关怀地问他:"弟弟,你看上去似乎不是很好,你生病了吗?"

拉塔木孔德有些犹豫,他小声地说:"哥哥,我想从今以后不跟你们来往了。"之后，他跟绍什布松说出之前大嫂说拉什莫妮坏话的事。

绍什布松听他说完，不由地哈哈大笑："这种事情又不是第一次发生。大嫂的出身跟我们不一样，所以才爱唠叨几句。要是所有人都因为亲人骂了几句就想分家，那岂不是所有的家庭都得分？我时不时也会听见她向我说些什么，要是按你的说法，我是不是也应该离开这个家？"

拉塔木孔德说："并不是我无法忍耐大嫂说些什么，因为我是一个男人，我的心胸当然要比女人宽阔，所以我是不会计较的。我只不过为你担忧，要是我跟哥哥你还住在一起，那你就不好做人了。"

绍什布松道："难道你认为你离开这里我就好做人了？"

拉塔木孔德就没有再说话了，只能叹着气走了，他感觉总有点东西堵在他心里。

之后的几天，大嫂对他们越来越不好，说话的语气也越来越可恶，时不时都会说拉塔木孔德几句。大嫂尖锐的话语如同一把尖刀，不断地刺伤拉什莫妮的心。拉塔木孔德一如既往地抽烟没有说话，看到拉什莫妮又向他哭闹时，他索性倒在床上装成他在睡觉的样子，可实际上他感到十分的难受，几乎承受不了了。

拉塔木孔德与绍什布松相处得实在是太好了，很小的时候他们两个人就一起玩，一起读书，一起欺骗老师，一起离开学校去外面，一起听大人跟他们说故事。拉塔木孔德到现在都记得儿时有一次他俩夜晚悄悄从家里溜出来，到其他的村子看马戏团节目，没有想到在次日上午家人发现了他们两个，所以他们受到了家人十分残酷的处罚。那个时候，他们都还没有娶妻。

拉塔木孔德眼睁睁地看着他跟哥哥坚固的友情慢慢地被粉碎，甚至在心里质疑他跟绍什布松的关系：难道他们两个人背后也藏有人类的自私吗？是不是要继续他们的友谊，就得将他们妻子的幸福给牺牲掉？他经常被这两个问题折磨，同时他的心也被这两个问题伤害到了。他不明白，如果他们继续这样的生活会有怎样的后果。但是日子没过多久，有一件改变两家人的事情发生了。

那天，拉塔木孔德听到绍什布松没有纳税，所以他仅剩的田产都被国家给收回去了，拉塔木孔德很淡定地道："这都是我的错！"绍什布松也跟他道："这不关你的事，我要交的税在送去国家的路途中遭人抢劫，就算是你也没有办法解决。"

绍什布松认为没有必要再浪费时间专门讨论这件事的经过，因为他们的日子要继续过下去。但绍什布松已经没有钱财去维持家庭正常的开支，他顿时掉进了人生的低谷。

绍什布松原本是想将妻子的首饰送去典当，这样好过日子，但

是拉塔木孔德拦住了他,并给他们送上许多的钱。原来,拉塔木孔
德在知道这件事情之后果断地将妻子的首饰拿去典当了,这才凑够
了绍什布松家过日子需要的钱。

从这以后,他俩的关系变得不太一样了。要是之前,大嫂一定
巴不得马上将拉塔木孔德一家人都赶走,但是现在,她只能依靠拉
塔木孔德一家过日子。她明白自己如今需要拉塔木孔德的帮忙,于
是她就没再说拉塔木孔德一家的坏话了。

拉塔木孔德通过自己的努力,最终在离家不远的地方找到一份
律师的工作养家,并且收入也不错。得到这份工作之后,由于他出
色的才能与稳重的性格,很快获得了不少名气客户的关注。

拉什莫妮的地位也因此有了很大的变化,如今是她用自己的钱
养着绍什布松一家人,所以她现在当然能得意了。虽然她并没有在
大嫂面前刻意表现得有多么的得瑟,可从她的眼里还是可以看到一
点傲慢。有一次,她在大嫂眼前小小地表达了一点她对大嫂的不
满,拉塔木孔德马上就将她驱逐到她的娘家了。最终还是在大嫂的
请求下,拉塔木孔德才让她回去。于是,她在大嫂跟前显得比之前
还要温和与谦卑,对待大嫂也很是尊重与关怀,几乎像是一名女仆。

家里管钱的办法也有所变化,拉塔木孔德将所需要的花费首先
交给大嫂。而拉什莫妮如果要花费时,必须要去大嫂那边领取。但

是大嫂跟之前几乎没什么不同,她的地位得到保障。不过绍什布松跟从前也没什么不同,他一如既往地偏爱他的弟妹。

所有的努力好像并没有让绍什布松遭遇的事情变得好一点,尽管可以从他的脸上看到微笑,但他的身体像是被病魔缠上了一样变得越来越差。细心的拉塔木孔德知道这件事后,几乎每个晚上都睡不着。拉什莫妮经常发现她的丈夫一直在床上叹气,翻来覆去地不睡觉。

拉塔木孔德安慰绍什布松道:"哥哥,你别担忧家里的事。我会将你的田产赎回来,这是我的责任,再过不久这件事就会变成现实。"过了没多久,拉塔木孔德将他哥哥的田地给赎了回来。花费的时间虽然说是不久,但事实上用了十年。在这十年的时间里,绍什布松变得越来越老,等再一次获得了他的田地,他的脸上却没有露出一丝笑容。他的心如同破旧的钢琴,不管你怎么去调试,钢琴的音色都无法像之前那样好听了。

村庄的人因为这件事感到很开心,所以他们希望绍什布松能够办一个宴会好好庆祝一下。绍什布松与拉塔木孔德提起这件事时,拉塔木孔德很赞同:"这么好的一件事是要跟村里的人一起开心。"

所以,村里不管是老的还是小的,所有的人都获得了他们的开心,祭司们也得到十分丰盛的报答,贫穷的人都得到一些钱财的帮助,宴会的主人公绍什布松赢得村子里所有人的祝福。

宴会用了三天的时间才弄完,绍什布松的身体也累坏了。现在刚巧到了冬天,他告诉别人他之所以会病倒在床上,是天气不好和太过劳累的原因。他的高烧几乎没有退下来,中途还伴随着呕吐跟其他的症状。拉塔木孔德马上请来了医生为绍什布松诊治。

但医生在看完之后表示没有办法:"他的病严重到没得救的地步了。"

那天深夜刚过去没多久,绍什布松的床前只有拉塔木孔德了。拉塔木孔德对绍什布松道:"哥哥,你去世之后,家产应该怎么处置?"

绍什布松的嗓音变得异常的虚弱,他跟他的弟弟说:"我最好的弟弟,现在我几乎没家产可说了。"

拉塔木孔德的声音变得小了起来:"我的家产,这些全部都是你的!"

绍什布松道:"大概吧,要是以前的话可能还是我的,只不过如今我无法拥有。"拉塔木孔德什么话都说不出来,他不断地为绍什布松盖好被子。这个时候,他哥哥的呼吸变得更加的微弱。

拉塔木孔德似乎下了很大的决心,忽然将这份沉默打破,他坐在绍什布松旁边,抱住了他的兄长:"对不起,我的好兄长,我之前做出一件非常大的错事,如今,我想将它告诉你。"

不清楚绍什布松的力气全部都流失了,所以无法问拉塔木孔德,还是他的心里在想着什么,反正他依旧一句话都没有说。

拉塔木孔德深深地叹了口气:"哥哥,我从小到大都不善说谎话,这件事你也明白。但是除了你,其他人都无法理解我在想些什么。从小到大我们两个都是好朋友,我跟你的心里对对方都抱着相同的诚挚感情。但我的心里一直有一道跨不过去的坎——我跟你的出身,你是富贵家庭的孩子,但是我来自一个十分贫穷的家庭。这道坎我不仅没有办法跨过去,而且它将我跟你的关系拉得越来越远。最后我想将它克服,所以,我……就是我要别人将你的税款给劫去,害得你失去你的财产。"

绍什布松并没露出一点惊讶的表情,他甚至向拉塔木孔德露出一个笑容,他的嗓音还是那么的虚弱,慢慢道:"我最好的伙伴,我当然明白你做的事。但是,你的心愿现在是否得到满足?在这里面,你获得什么了?希望上帝能够保护你!"话音刚落,泪水从他的眼里流了出来,可是他的表情依然十分的平静。

拉塔木孔德将绍什布松的身体紧紧地搂住说:"我亲爱的兄长,我恳求你原谅我的错误。"

绍什布松道:"我最好的伙伴,在很早之前我就明白你做的事了,跟你一起做这件事的人将它告诉了我。但在我知道这件事的第一秒我就原谅你了。"

拉塔木孔德哭了出来,他脸上满是后悔:"我最爱的兄长,请你将我的财产全部接手吧,请你别生我的气好吗?"

绍什布松这个时候没有一点力气回答他的话,他平静地注视着他的弟弟,慢吞吞地将他的右手举了起来。大概,他做出的手势也就只有拉塔木孔德一个人才知道是什么意思。

7 笔记本

小乌玛自从知道怎么写字之后,就将她的"墨宝"痕迹留在屋里所有能写字的地方,就算家里的人都以为她不过是在恶作剧,她也觉得十分开心。

屋子的四面墙上满满的都是她用木炭写的字:水一直在流,树叶缓缓落下;甚至她嫂子枕头底下藏着的那本书上面,也都是她的字迹:花是黑色的,水是红色的;屋里的一本日历也没能逃过这一劫,她写的东西把日历上所有的地方都盖住;她父亲记账的本子上也是她写的语句:要是有人会读书写字,那么他就会骑马乘轿。

对于写字,她一直都保持着极大的兴趣,不管是什么时候都不会因为别人说些什么而受到打击。直到之后发生的那件事,让她明白了"学海无涯苦作舟"这句话到底是什么意思。

小乌玛的哥哥名叫戈宾德拉尔,尽管他看上去不是一个精明的人,但他写出来的文章差不多每次都会出现在报刊亭的报纸第一面上。他说话有条理,听上去也蛮有道理,别人对他很是佩服。

　　某次，戈宾德拉尔看到解剖学书上面有一处错误，就写出一篇批判的文章。但是他的文章一不小心让小乌玛给发现了，趁着哥哥不在家，她用哥哥的笔，在那张纸上面写下一句话"葛巴尔是一个十分听话的好孩子，他吃饭总不会挑剔"。

　　等哥哥从外面回到家，看见自己写的东西后面有小乌玛的一句话，他认为这简直就是对读这篇文章的人的嘲讽，所以他很气愤地将小乌玛打了一顿，还将小乌玛创作用的铅笔与钢笔给没收了。小乌玛为此很不开心，她不明白自己做错了什么事情，为什么哥哥要这么对待她，所以她藏在角落里呜呜地哭了起来。

　　没有多久，戈宾德拉尔觉得自己错了，他认为这样对小乌玛是不对的，所以他将她的两支笔还给小乌玛，并且买了一本漂亮的笔记本送给她，希望妹妹不要再伤心了。

　　小乌玛再一次变得开心起来。从此以后，她的身上每天都带着这本笔记本，就算是她在睡觉，也会十分谨慎地将笔记本藏在枕头下。

　　这一年，小乌玛刚好七岁，她被爸爸妈妈送到了女子小学去上学。但是，那一本笔记本，她依然好好地带在身边，周围的小朋友们看到了十分的羡慕。

　　小乌玛去学校读书的第一年，在笔记本的一张纸上面留下一句话："小鸟们在唱歌，嘹亮的歌声将黑夜从黎明的身边驱逐。"之后的日子，她独自藏在自己的房间里，不断地在笔记本上面写些什么东西，在家里，原本能够看到她"墨宝"的地方已经没有再出现她的字了。她写得越多，就觉得越高兴，时不时地，还能听到她在大声地朗诵自己写出来的东西。没有过多久，她的那本笔记本上面就写了非常多的诗歌与散文。

等到第二年，她写出了她的第一篇文章——依然是在她的笔记本上，尽管只有几句话，但是可读性非常强，不过遗憾的是，那篇文章没有开头与结尾。

那本笔记本上面还抄了一些在别的地方看到的寓言小故事，小乌玛还在故事的结局那里添上一句话："我很爱乔什。"但无论在哪一本已知的书里面，都无法找到这句话的踪迹。

可是就算发生了这样的事情，也不足以说明小乌玛喜欢上了某个名字是乔什的男孩，实际上，乔什是小乌玛家的一名女仆的姓名简称。通过这一句话，我们也无法推测小乌玛到底是不是真的喜欢乔什。要是有人希望能把这句话看成是中心思想写出一篇故事，那么你可能还得在小乌玛的笔记本里找创作的材料。但是，你所寻到的材料将令你十分惊讶，因为，论点居然变得不一样了。

像这种句子，可以常在她的笔记本中看见。从她写出来的作文里,也时不时地能发现这种句子。比如说,在笔记本某一页上面还有一句话:"我跟霍里将永远不再是朋友了。"这句话之后的一些文字会让别人更加的吃惊,因为这一页写的全都是那个叫霍里的人对待友谊是怎样忠诚,这个人几乎是前无古人,后无来者的好朋友。

等小乌玛九岁的时候,家中有唢呐的声音传出来。原来,小乌玛要结婚了,她要嫁的人,是她哥哥的一个朋友,叫彼力莫宏。彼力莫宏的年龄同样不大,同样也喜欢阅读书籍与写字,只是他的想法却如同封建社会的人,十分保守。但是他在保守旧习俗的街坊里有着非常好的声望,就算是戈宾德拉尔,都希望变成他的样子,只不过他觉得变成他那样很不容易。

小乌玛换上漂亮的纱丽服,脸上蒙着面纱,头上也装饰着精美的首饰,眼中含有点点泪水,之后她就得嫁出去了。母亲跟她说:"我可爱的女儿,你嫁到那边去之后记得一定要听婆婆的话。勤劳地做家务事,以后不可以继续看书与写字了。"她的哥哥也走过来嘱咐她:"你千万要记得我说的话,千万不可以往他家的墙壁上面乱写乱画,就算是彼力莫宏写出来的文章,同样不行。"

小乌玛的心里变得很紧张,她突然察觉到她即将到达的地方将会是一个跟家里完全不同的地方。在那个地方,没有原谅,全是缺点、错误、罪过,甚至要承受对方骂她的话语,可悲的是她必须要适应那个地方。

唢呐声十分响亮,她从门口离开了。这个时候她在思考些什么东西,她眼中流出的泪水到底含有怎样的感情,我们不能明白,这只有她自己才清楚。

在笔记本中,小乌玛写出来的那一位让她既爱又恨的仆人乔什也跟随小乌玛一起去公公家。但是她只在那边待不长的时间,一阵子之后她还得从小乌玛身边离开,所以,剩余的时光小乌玛只能自己面对。乔什进行了很长一段时间的心理挣扎,她最终还是将那写有"诽谤"她的语句的笔记本给小乌玛带到那边去了。

而那本笔记本可不只是小乌玛的嫁妆这么简单,里面还有她对于之前美好日子的记录,更是饱含爸爸妈妈的爱的史书。尽管她在上面留下的字迹看起来很不好看,但对于即将成为别人妻子、承担起家庭责任的小乌玛来讲,这本笔记本令她在休息时间里,能勉强怀念之前那种既自由又美好的日子。

小乌玛去公公家那里没过多久,所以她的笔记本上还是十分干净。

过了一段日子,乔什从她的身边离开了。这是一个上午,小乌玛回到卧室,把门关紧,之后从盒子里取出她藏起来的笔记本,她的眼中全是泪水,并写下:"乔什离开了我,我也希望能够离开这里。"

　　小乌玛在这里每天都要做很多的家务事,所以她几乎没有一丁点的空闲时间可以在笔记本上面抄寓言故事之类的了,也可能是她不再喜欢这样。所以这段日子,她在笔记本里留下的都是十分简短的话。她在乔什走的那天写的语句之后添上一句:"要是哥哥马上过来带我离开这里,我就不会再在他的文章上乱写了。"

　　据说,小乌玛的爸爸也想把她带回家。但戈宾德拉尔跟彼力莫宏想法一致,即不让小乌玛实现她想离开这里的愿望。

　　戈宾德拉尔说:"小乌玛如今正在学习该怎么对待她的丈夫。要是将她带回来,爸爸妈妈对她的宠爱将让她变得更任性。"小乌玛的哥哥为了向他的父母证明他说的没错还专门写出一篇文章,在文章中不仅有严厉的说教,还有尖锐的嘲讽。这篇文章写出来之后,受到许多跟他有相同想法的读者的追捧。

　　当小乌玛听说了这篇文章后,她又接着在她的笔记本上写下一句话:"哥哥,我恳求你,求你快带我离开这里吧,从此以后我不会让你不高兴了。"

　　那天,小乌玛再一次将卧室门关上,藏在屋中,在笔记本上面留下几句随笔。可是,她丈夫的妹妹迪洛克梦久无意间看到了小乌玛的这个异于平常的动作,她对嫂子在房里偷偷摸摸的举动感到十分奇怪,所以想过去看下嫂子在干什么。她透过细细的门缝往屋内看去,看见小乌玛用笔在笔记本上面写些什么东西。这幅画面令她非常的吃惊,现在的女孩子,有文化的还真是不常见。

所以她不动声色地继续待在原地看小乌玛,没过多久,她的妹妹诺克梦久同样被她姐姐的举动给吸引了,所以她也伸出头来学着她的姐姐,透过门缝往里面看。又过了一会儿,最小的妹妹奥伊戈梦久跟着到了卧室外面,只不过小妹妹的个头真的是太小了,只有踮起脚尖才可以勉强看清楚里面发生了什么。小乌玛随意地在笔记本上写些什么,忽然,她隐隐约约地听到门外有声响传了过来。她马上明白,外面一定有人在偷看她,所以她小心地将笔记本给藏了起来,之后她往床上一躺,又用被子蒙住脸。似乎这样别人就看不到她之前做过的事。

当彼力莫宏知道这件事情之后,心里有些担忧:要是女人接触到了书籍与知识,那在后面就会将许许多多的剧本跟小说引入,而剧本与小说这样的东西会影响女人的思考方式,让她们不再遵守家里的规定,到那个时候要想令他的家庭变得安宁会十分困难。

所以他马上思考该怎样解决这个问题,最后,他终于想出一个很好的办法。他甚至连借口都想好了:婚礼是阴和阳在一起的产物,需要阴阳互补与协调。一个女人,她要是碰到书里面的思想,那么她的阴性将变得十分的虚弱,到时候阳性会变得十分强大。而最

后的结局是阴阳失去平衡,婚姻不复存在,女人因此变成一个寡妇。

想到这里,他不禁露出一个笑容,他觉得他的借口很棒,这个世界上没几个人能反驳。

所以一到夜晚,彼力莫宏一边说着自己的借口一边狠狠地骂小乌玛,之后他又道:"你觉得戴上律师的头巾就真的是个律师了? 你觉得手里握支笔你就有一份工作了?"

小乌玛听不懂他说些什么,因为她根本没读过彼力莫宏写的文章,所以她还没有办法理解他特别的笑话。但是她的心里感到非常的难过,她甚至在想,要是这个世界上有两个她就好了,这样她就可以不管别人的想法,自由自在地做她想做的事。

之后很长的一段时间里,她再也没在她的笔记本上面写下新的文字。直到一个秋天的上午,小乌玛忽然听到一阵优美的歌声,那是来自外面一个正在乞讨的女人的歌声。她唱出来的歌是关于一位女神的。小乌玛忍不住将耳朵贴上窗户的玻璃,安静地听那个女人唱歌,这令她想起了小时候的事情,她感到十分怀念。

小乌玛并不会唱什么歌,不过她有一个将别人的歌词记录在笔记本上的习惯,仿佛是她在用笔唱歌似的。

那个乞讨女人的歌声让她感到一阵伤感,泪水都流了下来,所以她将乞讨的女人叫到家中,让女歌手重新再唱一遍,而她则把歌词记了下来。

不幸的是,迪洛克梦久、诺克梦久与奥伊戈梦久再一次看到了她的动作,她们三人一起悄悄地在门外看了很久,最后三人齐拍手掌喊:"嫂子,你干的事我们看到了!"

小乌玛一听见她们的叫喊,匆匆忙忙跑去将房间的门打开了,又跟那三姐妹道:"我的好妹妹们,我请求你们千万别将这件事情跟别人说啊!我求求你们,从此以后我不会再做这种事了,我不会再写笔记了。"

但迪洛克梦久的目光紧紧地盯住小乌玛的笔记本,压根没把小乌玛的话听进去。小乌玛一看到她的目光,马上冲进屋里,双手用力地将笔记本护在怀里。三姐妹很奇怪,她们都闯进来争夺小乌玛的笔记本,但小乌玛用尽全力地保护,所以三姐妹们并没抢到笔记本。最后,哥哥被她们喊来了——那是小乌玛的丈夫彼力莫宏。

她的丈夫一进卧室,就一脸冷漠地坐在床头,忽然之间,他朝小乌玛吼道:"快将那本笔记本拿出来!"小乌玛一如既往地抱紧她的笔记本,待在那里一步都没动。彼力莫宏见小乌玛没有交出笔记本,声音变得更大:"快拿出来!"

小乌玛在原地没动,但她看向她的丈夫的目光里,满满的都是无助的悲伤。彼力莫宏没有再等小乌玛交出笔记本,而是上前争夺。小乌玛被他吓得猛地将笔记本扔了出去，最后无力地瘫软在地。

彼力莫宏得到笔记本之后，就当着三姐妹和小乌玛的面，高声地将笔记本里面的内容读了出来。每听他读出一句话，小乌玛就深深地将脸向地面靠近，她几乎希望自己能够陷入地下。但三姐妹听彼力莫宏每念出一句话就哈哈地笑，她们笑到连腰都直不起来了。

直到所有人笑够之后，彼力莫宏称心如意地走了，只留下小乌玛自己倒在地上。他在走之前顺手拿走了她的笔记本。

从这天开始，小乌玛就没再看到她的笔记本。但彼力莫宏却拥有一本笔记本，笔记本上写着一些文笔非常好的文章，还带有几句带刺又刻薄的话，并且一直都没人去争抢或者销毁这本笔记本。

8　暗室之王

在很多年以前,有个繁荣昌盛的国家,那里有一位国王,但奇怪的是从未有人见过国王,没有人知道国王的模样。

这一年春天,快到正月十五的时候,全国人都在准备过节,国王也打算在皇宫前院好好庆祝一番,并邀请周边一些国家的贵族和老百姓参加。听说国王会在这次庆典上现身,所以人们都非常地期待,纷纷从各地赶了过来。

街道上有几个外国人在这个繁华都市的大街小巷中游玩,在他们迷路的时候,恰好遇到巡逻保安,当中的一个外国人就上前去问路。

保安问这个外国人:"你们有什么需要帮忙的吗?"另一个外国人回答说:"我们是从外地来到这里的,想去市中心,该怎么走?"保安说:"那你们想去市中心的哪个地方呢?"

另外一个抢先说:"我们打算去参加皇宫的庆典,你知道走哪条路过去吗?"保安回答:"随便走哪一条路都可以,这里的路是相通的。你们可以顺着这条路直走便可以找到那个地方。"说完,保安便继续自己的工作了。

最先向保安问路的外国人不满地说:"这保安说和不说有什么区别。每条路都可以到达那里,那修那么多路做什么?"

其中一个同伴说:"这没有什么好生气的吧?别人国家的路想怎么修,那是别人的自由。如果说修路修得没有用处的应该是我们国家,那些路又绕又窄,走起来就像在走迷宫。不知国王是怎么想的,喜欢修狭窄的路,生怕把路建宽就会方便老百姓外出。你再对比别人国家的路,宽阔而漂亮,并且出入方便,就算这样,老百姓也没有移居他国呀。如果我们国家的路修好一些,大家早就借机搬离了。"

那个伙伴一听他这么说,有点愤愤不平:"加那旦,你的偏见总是这么多!"加那旦说:"什么偏见?"他说:"你对自己的国家总是有那么多偏见,难道道路宽阔就一定有好处吗?"说完,他面对另一个伙伴说,"堪地亚,他倒真觉得修建宽阔的道路可以使国家致富。"

堪地亚说:"巴伐达塔,对于他我已经无语了。加那旦这家伙总觉得自己智慧过人,总有那么一天他会闹笑话的。他所说的话如果让咱们国王听去了,他估计要担忧自己的命运了。"

加那旦不屑地说:"我就只是认为生活在自己的国家里有困难,

连走在路上都那么拥挤。一天到晚,街上总是川流不息,人与人之间挤来挤去的,而且这些行人总能让你流一身臭汗。"

堪地亚跟他俩说:"如果不是加那旦叫我们,我们也不会来这里,我们家的人不喜欢往外面乱跑。就说我父亲吧,你们都知道的。我认为我父亲是全世界最遵守条例的人,他遵循祖训从未跨出过家门口,一直都待在自己那六十九尺大的房子里,从来没有走出来。后来我父亲去世了,出现了一个大问题。我们希望尽量做到不出家门口的这一规定,又能够顺利将父亲火葬掉。后来主持葬礼的法师便教给我一个方法,那便是将六十九尺改成九十六尺。这样,我们才在没有违背祖训的情况下将父亲安葬了。"

加那旦又得意地叫了起来:"你瞧,如此墨守成规,就说明咱们国家落后于别的国家。"巴伐达塔跟他们俩说:"虽然加那旦在咱们国家生活,但他还认为将路修建得宽大些有利于国家的发展。"

大家边讨论边顺着街道往下走。这时,街上迎面走来一老一少。

老人说:"孩子,咱们今天要在很多人面前歌唱,要努力把我们的歌声传遍大街小巷。我们要唱出我们的心情,把荡着起伏不定的秋千时的心情唱出来,我们要用歌声去赞扬春天的美好!春风吹动树叶,飘落在春天的花丛里;春天像悦耳的笛声,唤醒花草树木,让我们的衣襟也随春风飘摆吧！让我们一起用歌声赞美如此美丽的春天吧！"

在其乐融融的氛围中，迎面又走来了一群正在激烈讨论着什么的市民。当中的一个市民说："无论如何，今天大家都希望能够目睹到国王的风采。真是悲哀，生活在这里这么多年了竟然从未见过自己国家的国王。"

另一个市民接过话茬说："你想知道其中的原因吗？如果你答应不会到处乱说，我会很愿意告诉你的！"第一开口说话的市民说："你就相信我吧，难道你有听过我是一个不守口如瓶的人吗？对于上次你哥哥挖井挖到金子的事情应另当别论。我之所以会传出去是因为没有办法，这你也是知道的。"

那个市民对他说："上次我的确知道你的难处，所以这次才问你是否可以好好保守秘密。如果这次走漏了风声，我们都会跟着走霉运的。"其中有个同伴插嘴道："你还真是当回事呀，维茹帕克沙。这样的秘密说出去其实也不一定会有事情，再说谁会保证这一辈子都会掖着这句话不说呢？"

那个自称能保守秘密的市民说："赶紧把那个秘密说出来听听吧，维茹帕克沙。"于是，那个叫维茹帕克沙的人说："好，既然我们都是彼此信得过的朋友，说出来也不会有什么事情。"他环顾了一下四周,然后压低声音说:"国王不见人的原因是,他的长相太丑了!"

那个答应能保守秘密的市民笑道:"真的是这个原因? 我也是这么猜测的,估计大家都是这么认为的。别的国家的国王,一站在百姓面前就准备把大家吓得瑟瑟发抖,但是我们国家的国王从未敢站在大家面前过。就算国王的出现会把人吓死,但是那也只能说明国王的长相有魄力。按照这么说,维茹帕克沙的说法是可信的。"

另一个市民维舒说:"有什么依据? 我可不信!"维茹帕克沙对他说:"你不相信? 你看我像是会说话骗人的人吗?"维舒说:"我没有认为你说的话是骗人的,只是觉得这个话太没有依据了,这也不是对你不信任或者有偏见才这么说的。"维茹帕克沙反倒不服气了:"我知道你是不会轻易相信我的话的,你连你亲人的话都不相信。幸亏国王从未出现过,他若出现,首先处置的就是你这种人!你就如同中了邪一样!"

维舒反驳他说:"嘿哟,你还自以为你是很正派的人呀。竟然敢说国王是个丑八怪,国王若知道便首先将你的舌头割下来喂狗!"维茹帕克沙怒火冲天道:"维舒,你赶紧闭上你的嘴!"维舒不答应了,说:"该闭嘴的人应该是你。"另一个市民说:"你们别吵啦,谈论这些危险的话题总会带来厄运的。恐怕连我这个没有说国王坏话的人都有可能会被你们给害了。"于是大家又继续往前走。

这个时候,刚刚那个卖唱的老人在路上遇到几个市民。当中的一个市民开口说:"老人家,我今天想到一个问题。"老人问他:"什么问题呢?"

"今年的庆典,会有很多外地人来参加,但是到时候人家会问:你们这里什么都可以看得到,但唯独没有看到你们的国王。我们心里也想问这样的问题,那我们该怎么答复比较好?"

老人说:"这有什么不明白的,就回答说全国上下你遇到的人都是国王,这还有不明白的吗?其他国家里的人都希望能过像国王那样的生活。而在我们的国家,每个人都可以做到。如果我们不这么想,那么也无法做到活得像国王那样。在这个国家里,我们就像国王一样自由,可以随意干自己喜欢的事情,而给予我们这样生活的人便是国王。我们的国王不希望自己的臣民活得不自在,他尊重我们每一个人的选择,也尊重他自己的选择。虽然我们现在是活在下层,但还是不能不承认都是国王给予的。我们之所以可以过着安稳的日子,这都是国王引导有方。有了国王的引导,我们才不容易脱离生活的轨道。"

另一个市民说:"但是,我还是不能忍受别人对国王的猜疑,原因就是国王从来没有和大家见过面。"一个市民接过话茬:"这样的情况真是令人不解!若是有人在背后议论我的不是,我一定不会轻易放过他。但是大家对国王都议论到这个份上了,却看不到一个人出来阻止。"

老人说:"国王怎么会因为几句话就大动干戈呢?国王就像天上的太阳,我们百姓就像烛火,烛火依靠太阳赐予的能量存在。你吹一口气可以将烛火吹灭,但是就算叫上全国的人一起吹一口气,太阳的光辉都不会动一下。"

这时,维舒和维茹帕克沙也向这边走来了,维舒很生气地对老人说:"老人家您也在这里呀,有个人认为国王不见大家的原因是嫌自己长得太丑了。"老人说:"何必为这个生气呢?他眼中的国王肯定是难看的呀!因为他的长相也很丑陋,而他用看自己的眼光去看待国君,那能好到哪里呢?"

维茹帕克沙也对老人说:"老人家,我就不说那个人是谁了,但是那个人说的话大家都愿意信服。"老人对他说:"但是你要先相信自己的心呀!"

维茹帕克沙说:"但是,他并不是没有依据的乱说!"

边上的市民说:"你所指的那个人太不知道羞耻了,先不说他不知道事实还到处传播谣言,而他竟然还要借助别人对他的认可来证明!"另一个市民说:"那个人为什么不先看一下自己长什么模样呢?"

老人说:"你们都不要大动肝火了,就让那个人怀着自己丑陋的心情度过这个节日吧!维茹帕克沙,如果你觉得那个人说得在理,你可以选择和他持有一样的观点,你会发觉很多人也和你们的观点一样,希望你们都能够因此而找到自己的快乐。"

老人说完,大家没有再继续争执下去,然后这一大帮子人又在街上说说笑笑。就在这时候,走在街上的外国人,又开始讨论了起来。巴伐达塔说:"堪地亚,我认为这里实际上就没有所谓的国王。只是这里的人都约定俗成地对这个秘密守口如瓶而已。"

堪地亚说:"我赞同你的观点。不管在哪一个国家,国王都是备受关注的人物,国王自己也不会错失让别人对他仰慕的机会。"

加那旦接过话茬说:"但是这个国家到处都管理得那么有秩序,怎么可能没有国王监管呢?"巴伐达塔傲慢地说:"咱们的国家培养你这么多年,你的智商就这么一点!倘若一个国家的治安秩序都很好,那还需要国王来治理吗?"

加那旦说:"那这些市民都选择来这儿聚会,倘若没有政府和国王的组织,他们难道还会来吗?"巴伐达塔都有点不耐烦了,说:"加那旦啊,你总是不能往深处思考问题。有秩序的生活和参加聚会有什么冲突吗?为了庆祝节日而一起聚会,这是很困难的事情吗?而国王又在哪里出现过呢?你倒是可以说一下。"

加那旦说："依照你这么分析，就算真的有国王，国家也会陷入无政府的混乱状态，但是你看目前的情况。"堪地亚回答他说："你不要转移话题，就直接告诉巴伐达塔吧，难道你在这个国家看到过国王？你有见过吗？"于是，大家又开始讨论着这个问题，大家一边高谈阔论，一边走着。

一群市民一路欢歌笑语地走来，他们的歌词是这样的：我们随处可以看到他，他活在我们的眼睛里。我们想从远处听到他的声音，可惜我们听不到，但是我们可以从自己的歌声里听到。如果有人不耐烦乞丐每家每户地去找他，那就到我们的心里，到我们的眼睛里欣赏他唯美的样子。

街上管理治安的保安跟他们说："你们不要唱，到一边去，不要站在路中央挡路。"一个市民对他说："你也不看看自己的模样，又不是一出生就比我们高贵，我们为什么要为你让路呢？尊敬的保安，我们又不是街头流浪狗，为什么要听你的话呢？"

另一个保安说："因为这里是国王要路过的地方。"另一个市民问："国王？你指的是哪一个国王呢？"最先的那个保安对他们说："那肯定是我们国家的国王，我们共同的国王呀！"市民说："我觉得你说话都不用大脑想一下，我们国家的国王出来见面的时候，还需要抬着轿子高声喝彩吗？"

另一个保安说:"国王要在这次的庆典上公开与大家见面。"一个市民问道:"确定吗?"保安说:"你不信? 国王的旗帜上都写着呢。"市民看向他指的地方,真的挂着一面旗。保安说:"你看上面绣的花,可不是红锦绒?"市民说:"是耶,真的是绣着锦绒花,那颜色可真醒目呀!"

保安问他说:"你现在相信我说的了吧?"市民指着另一个同伴说:"我没有对此表示过疑问,都是贡巴一直在乱猜忌,我可是没有发表过什么。"保安说:"你不要看他肚皮很大,其实里面没有装多少墨水。你有没有听说过,越是没有东西,敲打的声音越大?"另一个保安问这个市民说:"贡巴和你是什么关系? 是亲戚吗?"市民说:"没有关系,他是我们村村长的丈人家的亲戚,不是我们村里人。"他身边的保安说:"难怪他看上去就像长辈的兄弟那样,讲起话来有长辈的架势。"

贡巴连忙说:"大伙儿,可不要这么评论,我最近也是碰到了点不顺心的事情。前段时间,国王到街上巡查,到处都张灯结彩,敲锣打鼓,整个城市变得热闹非凡。我们为国王准备了这么多,还给他送礼物,到了最后还把自己弄得跟乞讨的人那样,跟在他的后面追捧。弄到最后我都拿不出件像样的礼物赠人,却不知道是谁给予了国王这么气派的排场。我们也希望国王能够赐予我们老百姓一些什么，他却在历书上找不到一个吉利的发赏的日子。而我们被剥削的日子，就像平时过节日那样，总是逃脱不了。"

一个保安对他说："你说这番话的意思是想告诉我们你看到的国王是假的？"另一个保安说："你说这样的话是不想回家了吧？"贡巴连忙道歉："大人们不要生气。我这个不识抬举的小人向你们赔个不是。你们就放我一马吧，我这就滚，而且滚得远远的，好吧？"保安对他说："那行，你们赶紧离开这里，国王就快要来了，我们得去开道维持秩序。"

保安走后，那个伙伴对贡巴说："你呀，早晚会死在你这张臭嘴上的！"贡巴对他说："马达夫，你和我的关系最好啦！这不能怪我不会说话，主要是我运气不好。假国王在街上巡查的时候，我们二话不说就把礼物贡献了出去。这次的国王也许是真的，但我却误以为是假的。唉，只能说我没有好运啊！"

马达夫对他说："我倒是认为，无论国王真假与否，我们还是和从前那样服从他。况且你没有真正见过国王，又怎么分辨出哪个是真国王，哪个是假国王呢？无论是真的还是假的，我们都像从前那样尊敬他。这样做，万一遇到真的，我们也不会有什么祸害，如果是假的，那也就算了。"

贡巴说："但是我白白贡献了那么多的贡品，我难以接受这样的事实呀。"马达夫突然说："瞧呀，国王来了。你瞧，他长得多么大方，多么好看，而且又那么帅气，皮肤白嫩白嫩的。贡巴，你感觉这个像真的不？"贡巴回答他说："这个看起来倒挺好的，我感觉像真的！"

马达夫说："他简直就像天生拥有一副国王面貌，平常的人哪有他长得那么英俊呢？"当他们还在谈论的时候，国王已经走到他们面前。马达夫高喊：愿国泰民安与您共在，国王陛下！我们一清早就在这里恭迎您的到来，希望在此能够一睹您的尊容。请国王不要忘记给您的子民施恩。"贡巴说："越来越难以分清了。来吧，我们一起去找那位老人家。"说完，他挤出人群，后面的百姓又一窝蜂涌向他们的位置，向国王靠近。

一个百姓放声大喊："是国王，是国王！赶紧来看呀，国王要走过这里了！"另一个百姓也喊了起来："国王，不要把我遗忘了。我来自库沙里瓦斯图，是乌达雅达塔的后代维瓦加达塔。一听闻您会从这里经过我便早早地等候在这里了，我不管别人在您背后说了什么，我不在乎，因为您在我的心里是至高无上的。国王啊，我满怀赤胆忠诚地来看您啦！"

他身旁的一个人说："你乱讲！我可比你来得早，那时候公鸡还没打鸣呢！而我都没有看到你的身影。国王啊！我是来自维库拉马斯塔里的巴都拉斯那。请您务必记着我呀!"

国王欣慰地对大家说:"你们如此忠诚地对我,我能感觉到!"

维瓦加达塔说:"国王啊,我要告诉你我们的痛苦。我们平时都不能当着您的面说,憋在心里很难受呀!"国王说:"你们的不幸一定会过去的!"说完,国王就逛到别的地方去了。

一个百姓喊道:"伙伴们,咱们可不能就这样呀!大家都聚集在了一起,国王哪能记住这么多人呢?"站在他身旁的一个人说:"看,那个愚蠢的那鲁坦,把我们都给挤向一边了,自己却站在国王跟前,还那么奉承地给国王扇风。"

此时的马达夫站在人群中说:"这家伙真是太厚颜无耻了!咱们得想办法让他滚开,哪里轮到他这样的人站在国王身旁呢!实在是受不了!"

叫得最大声的那个市民说:"国王可不像我们,谁内心的想法他都难以看穿。这家伙这么献殷勤,一定会得到赏赐的。"

这个时候,贡巴把老爷爷给领了过来。贡巴对老人说:"我跟您讲哦,国王刚从这里经过了!"老人反问他:"难道这样就可以确认他是国王啦?"贡巴回答说:"也难说,这里有那么多百姓围观他,他可是从这里明目张胆走过的呀!"

老人说:"就是因为场面如此大,所以我才质疑。我们的国王哪里会如此大张旗鼓呢？他绝对不会是那种一出门就弄得满城风雨的君主。"

贡巴说："也许是和今天这个重要的节日有关系吧，怎么说也要体面一点吧。"老人说："这样还说得过去。我们的国王也不想一直做一个大家眼里的怪人。"

贡巴说："老人家，我都不知道该用什么样的言辞去描述他。他的皮肤白得跟蜡烛一样。我真希望能用我的身体去为他遮挡阳光。"老人笑着说："你这个呆子，真是搞笑。我们的国王是什么人，哪轮得到你去保护呢？"

贡巴又说："说真的，他的样貌就像神仙那样漂亮。从全城的百姓中都不能挑出一个可以和他媲美的人。"老人说："国王若真的打算出门，一定不会走漏消息的。他一定不会在街上这么引人注意，而是顺其自然地和百姓打成一片。"贡巴说："但是我真的看到了国王的旗子！"老人问他："那他旗子上绣着什么图案呢？"贡巴回答："上面绣着朵红锦绒花。"老人说："国王的旗子上绣着的应该是一朵莲花和一只乌贼。"贡巴还是不服气："但是，大家都说国王一定会出现在庆典上，大家都听说了。"

老人说："国王肯定会来参加庆典。只是他穿得比较随意，也没有带很多卫士或者演奏乐队。""那人们怎么知道他就是国王呢？"

贡巴有些疑惑。"这样才不会有人一直纠缠着国王施舍点什么呀!"老人说,"乞丐怎么可能会认不出国王呢?在乞丐的意识里,国王便是救世主。一个穿着华丽服装的人,大张旗鼓地在街上搜刮那么多礼物,你们就认为那个人一定是国王啦?真愚蠢!嘿哟,你瞧,那个疯疯癫癫的人走来了。你与其纠结于这些事情,还不如学这个疯子疯疯癫癫那样来得自由些。"

眼前走来一个疯疯癫癫的人,他嘴里念念有词:金鹿就像总是要躲避着我一样!就像闪电那样一晃而过。这个充满欲望的流浪汉,你一靠近,他就赶紧躲开,留下一道身影。

我无休止地流浪着寻找金鹿,就算我无法抓住它。我就像一个漂泊者那样走过森林和那些不知道名字的地方,从未后悔过。

你们到集市上采购有用的物品,然后满心欢喜地归来。而我总是一个人流浪在街头喝西北风。我丢下所有的东西,去寻找不属于我的东西。所以我的眼泪不是为失去东西而流。

我的心里只有一个愿望和一首属于自己的歌,让我不再与烦恼相遇。我就像一个穿过森林和城市的匿名行者,永远不会后悔……

当大家都在热议国王容貌的时候,皇宫里的皇后也在思索着。这个神秘的国王,连自己的妻子也没有见过他,因为他住在隐秘的暗室里。

皇后苏达沙那站在那一间黑屋子里喊道:"怎么没有灯火呢? 这间屋子一直以来都是这么黑吗?"婢女苏任加玛回答她说:"王后陛下,每个房间都有明亮的灯火,难道您不想在这黑屋子里也点一盏灯吗?"

王后甚感疑惑:"为什么这间屋子总是那么黑呢,苏任加玛?"婢女苏任加玛说:"如果没有黑暗,你怎么能珍惜光明的美好呢?"王后更加吃惊了:"你是因为待在这黑屋子的时间太长了吗? 怎么说起话来都怪里怪气的,弄得我都有些糊涂了。苏任加玛,请告诉我,我要在皇宫的什么地方才能找到这间屋子,我为什么不知道要怎么走过去又要怎么走回来呢?"婢女说:"这屋子建在很深的地下,这是国王特地为你安排的。"王后说:"皇宫里房子多得是,他建造这么间暗室给我做什么呢?"

苏任加玛回答说:"如果您要会见外宾,可以选择在明亮的房子;但是你要会见国王,那就得在那间黑屋子里。"王后赶紧应道:"那怎么可以? 只是没有烛火,我都难以忍受,这么个阴冷且空气不流通的地方,让我感到窒息。苏任加玛,你若能给我准备一盏灯来,那这条项链就是你的了。"纵使王后的项链很珍贵,但是婢女还是不敢答应:"王后,这个我恐怕无法答应你。我怎么敢把灯带到这间国王下令要保持黑暗的屋子呢?"王后对她说:"你对国王如此赤胆忠诚让我吃惊。你的父亲不是曾被国王惩罚过吗?"

婢女说:"是的,是有过,但那是因为我父亲参与赌博。以前总有很多人喜欢到我家喝酒、闹事、赌博。"王后问她:"但是你的父亲最后被判去充军了,难道你不觉得很不服气吗?"

婢女说:"这件事情确实让我很恼火。我差点就因为这件事情去做一些不理智的事。但是后来还是没有勇气去做,就剩下自己一个人的家,让我充满了仇恨,充满了孤独,就像一只被囚禁的野兽,总想着去外面为虎作伥一番,但是我只能带着怨恨生闷气,什么都不能去做。"

王后又说:"那你现在为何对国王还那么忠心耿耿呢?"

"我也不明白。也许是因为国王的威严,让我觉得可以拥戴,可以给我依靠。"婢女说。王后又问道:"你的思想是从什么时候开始发生这样的转变的?"

婢女回答:"这个我也不记得了。就知道突然有一天,感到自己所做的一切反击都不能奏效,所以我的内心便不觉地选择了放弃。从那以后,我好好地观察他,发现他拥有着很极端的善恶两面。后来,我觉得我重生了,而这一切都是国王教给我的!"

王后又开始把话题转移到自己最在乎的问题上:"那请你跟我说说,苏任加玛,就算我拜托你了,国王的长相如何呢? 我从未和他接触过。他每次都是在黑暗中与我见面,然后又把我一个人留在黑暗中。我也疑惑地问过很多人这个问题,但是他们每次都是欲言又止,就像刻意要隐瞒我什么似的。"

"老实说,"婢女说,"国王的容貌我也不知道该怎么去描述,总之他的样子,给人的感觉不是很俊秀的那种。"王后大吃一惊:"这是事实吗? 他长得不英俊吗?""是的,王后,他长得不英俊。他的外表虽然不怎么样,但是他很特别,很聪明,让人看不穿他!"婢女想了想,一边思考一边说。

王后说:"虽然我不是很清楚你对他的描述,但是我喜欢讨论关于他的一切。不管怎么说我非要见到他的容貌不可,我都记不清楚我们新婚那天的情形了。还未结婚前,一个神仙对我母亲说:你的女儿将来会遇到一个了不起的人! 我还好奇地追问过我妈妈。但我母亲告诉我,她也无法说出他的长相,因为当时他是戴着面纱见面的。如果他真的是一个了不起的人物,而我又无法和他接触,这样难道不叫人觉得难过吗?"

女婢突然开口:"您感觉到有阵微风吹过吗?"王后问她:"有风? 在哪里呢?"婢女又暗示道:"能闻到一股淡淡的香味吗? 您有没有闻到一阵香味儿?"王后停下来深呼吸,对她说:"我没有闻到!"

婢女对她说:"王后,这种感觉我无法用语言去表达,但是我能感觉到他正走向这里。在暗室工作了这么长时间,我对他的降临总是能够有所察觉。"王后说:"苏任加玛,我多么希望我也能感应得到他呀!"

"您总会感应到的,王后。这样微妙的感觉会滋生在你的心里。现在你见国王的心情太过于急切,心里已经发生了变化。等您的焦躁不安平息下来就可以感应到了。"婢女说。

王后甚感奇怪:"为何对于一个婢女来说,可以轻松地感应到他,而对于我这个王后来说却不是件容易的事情呢?"婢女规规矩矩地说:"正因为我是一个婢女,心中没有太多的杂念。一开始国王让我来暗室服侍的时候,他说:'苏任加玛,你的任务就是负责整理这间屋子。'我听到他的安排,心中也没有多想什么,就只是专心地把我的工作做好而已。慢慢地,我自己心里就有一股力量,可以让我很好地调节自己的一切。国王来了,已经到门口了,他走进来了!"

就在这个时候,国王的声音从门口传了进来:"请开门,我在这里等候着。我把一天的工作做完了,而现在时间也不早了。你已经把鲜花摆好,梳理好头发,穿上睡衣,准备睡觉了吗?"

王后对着门外回了句:"陛下,有谁敢关着门谢绝你的到来呢?门没有上锁,你推一下就可以进来了,你怎么都没有试着推一下呢?

倘若我不去为你开门,你是不是就不打算进来了?如果我真的睡着了,听不到你的敲门声,那你会一直守在门外直到我醒来吗?"

婢女建议道:"王后,您去把门打开吧,要不然国王是不会愿意进来的。"王后对她说:"但是这里黑漆漆的,我连门在哪里都看不到。苏任加玛,你比较熟悉这里,你去把门打开!"

于是,苏任加玛把门打开了,然后向门外的国王行了礼,但是却丝毫看不到国王的样子。国王入内后,王后就问他:"为什么我们不能在明亮的地方见面呢?"

国王说:"我知道你内心一直急于见到我的样子,但是,你为什么就不可以尝试着在黑暗中与我相处呢?"王后回答说:"我必须得好好看一下你的面貌。"

国王对她说:"你会难以接受我的模样的,那样你反倒会更加痛苦。"但是王后没有就此放弃:"你不应该这么说的。我在这么黑暗的地方都可以感应到你的英俊,怎么会在明亮的地方嫌弃你的容貌呢?那请您回答我,你可以看清我的容颜吗?"

"当然,我可以看到你!"

"那您都看到了什么?"

国王说:"沉浸在这黑暗中,我能看到你的样子就像一个天使那样美丽,像繁星那样耀眼。这么真实的你,让我可以感觉到你内心的想法、愿望还有那颗甘于奉献的心。"

王后感动地说:"我在你心中真有你说的那么美好吗?你的言辞让我害羞至极。但是为什么您说的一切,我却看不到呢?""你当然无法看到,因为你已经把她给自我隐藏起来了,所以你看上去是那么平凡。如果你能看到我内心的想法,你就可以看到你自己多美!你不是简单的存活在我的心中,而是就像第二生命那样重要。"国王说。

"那请你告诉我,我该如何才能看到你内心的想法?难道您的眼睛不会在黑暗中看不到东西吗?"王后说,"我为什么对黑暗如此不知所措呢?这黑暗明明就在我的眼前,让我觉得那么的难受,而对你来说这如同在明亮的室内那样。我什么时候才能像你这样呢?但是可以肯定,这是不会发生的事。因为我们有不一样的地方,我不愿意在这里和你见面,我希望能够在明亮的,到处都有生命气息的地方与你相见!"

国王对她说:"你当然能在光明中与我相见,但是在没有人告诉你的情况下,你也许会误把一个人当成是我。或许有人会告诉你哪个是我,而你又怎么能够确定哪个是真正的我呢?""我肯定知道,我一定能够认出你来!就算你置身于茫茫人海中,我也一定能够把你给找出来!"王后激动地说。

国王说:"那这样好了,在今晚的节日庆典上,你站在城楼上,在人海中把我给寻找出来吧。"王后又追问:"你保证你会在人海中吗?""我一定会出现在那里的。"说完,国王叫了一下,"苏任加玛!"婢女立刻靠近:"您有什么需要交代的,我的主人?"

国王对她说:"我们今晚回去参加节日庆典,可以给你放个假!"婢女说:"听从主子的安排。"国王接着说:"王后今晚会睁大眼睛在人海中把我认出来。"宫女问道:"那王后在哪里指认出您来呢?"

国王说:"在余音缭绕、鲜花扑鼻、树影婆娑的大地上。"宫女很是疑惑:"您这样简直就像在做游戏,让王后苦苦找你吗? 在人群中,眼睛都看不过来了。"国王对她说:"王后对我很好奇,她想把我认出来。"

宫女怜惜地说:"她的好奇心可真把她给害了。"

接着国王便离开暗室,而王后也尝试着去感应国王。

在庆典上,有几位异国王子也来凑热闹。阿凡提王子说:"这个国家的国王怎么不接见我们呢?"康齐王子也说:"这个国家真是不按规则出牌,庆典怎么会选在森林里,而且随便什么人都可以来参加?"

王子寇沙拉也随声附和:"国王应该选择一个体面一点的地方

接见我们。"康齐高傲地说:"如果国王都没有准备,我们就向他要求重新安排一下。"

寇沙拉突然说:"这一路走来,发现很多奇怪的现象,都不知道这个地方是不是真的有国王,我们听到的那些会不会是谣言呀?这里根本就不像有国王存在的地方。"阿凡提回答他说:"国王存在与否不重要,只要有苏达沙那存在就好了。"

寇沙拉接过他的话说:"我就是为了目睹王后才来这里的。见不到国王我不会觉得遗憾,但是如果来这里都不能目睹王后的风采,那就真的是个遗憾了。"

康齐提议说:"我们来想个主意吧。"阿凡提提醒他说:"你的主意要巧妙些,不要到头来搬石头砸自己的脚。"康齐望向拥挤的人群显得有些不爽地说:"真是扫兴,你瞧那个正向这边走来的家伙是谁呢?"

大家不约而同地望去,看到一老一少迎面走来。那个上了年纪的便是今天白天的那个老人家,大家称他爷爷。老人从几位王子身旁经过时说:"我们是没有任何忧虑的快乐合唱队。"

阿凡提一脸不屑地说:"你不用再继续说了,你们唱歌的时候离我们远点,就是我们最大的快乐了。"老人对他说:"我们从未觉得没有自己的容身之地,你们想要怎么占地方都可以。我们没有必要为这样没有意义的事情争吵,对吧,年轻人?"然后,那一老一少哼着歌走远了:"我们什么都没有,是真的什么都没有……"

康齐仿佛又看到了什么,他提高嗓子喊:"快看呀,又有一拨人来了。看上去像演歌舞剧的,还有人穿着国王一样的服饰。"寇沙拉说:"这里的国王怎么会容许这样的事情发生,在我们国家是绝对不会发生的。"

阿凡提说:"他就像一个出生在村里的国王。"康齐向从身旁经过的保安打听道:"你们的国王这是打算去哪里呢?"一个保安回答:"他就是国王,专门来主持这次庆典的。"说完,保安就走了过去。

"不是吧?国王要出现在庆典上?"寇沙拉十分吃惊地叫了起来。

"算了,我们还是好好关注一下国王吧,就不要去想那个漂亮的王后了。"

"你难道相信保安说的话?"康齐不解地说,"我认为这个国家冒充国王的人很多。难道你无法判断出哪个是冒牌的吗?你看他的穿着根本就没有那感觉。"

"但是容貌还是可以的。"阿凡提说,"从外表上看没有让人觉得反感。"康齐说:"你的眼睛骗了你,你靠近好好看一下,就可以看出那个国王是假的。你们就等着看好戏吧,我得想个法子拆穿这个冒牌国王。"

他们在讨论的同时,国王已经来到了他们面前,开口道:"各位王子,欢迎你们的到来,希望你们能够满意我们的招待。"

王子们假惺惺地说:"的确!对我们很热情。"康齐继续说:"即使遇上什么烦心的事情,只要一见到国王您,心情就好了。"国王对他说:"虽然我很少与人接触,但是你们如此的真诚、热心,我感到很高兴。"康齐假惺惺地说:"国王陛下,这可真是让我们意想不到呀。"国王接着说:"我只能在这稍稍和你们谈几句。"

康齐说:"这个我可以理解,因为您不会把心思放在我们身上的。"国王说:"你们是想表达点什么吗?"康齐说:"确实是的,但是我们想悄悄跟您谈。"国王转身挥手示意保安站离这里一些,然后说:"你们想说什么?现在方便说了。"

康齐首先说:"我们也没有什么担心的,就是怕您会担心。"国王笑着说:"没有关系,你们就大胆说吧。"康齐肆无忌惮地说:"那行,希望国王能在我们面前下跪磕头,以这样的行动来表示对我们的欢迎。"

国王脸色骤变,又赶紧装作若无其事地说:"难道是我们的招待人员给你们灌了太多酒吗?"康齐突然大声喊道:"你这个骗子,你才是喝醉了呢!我看你死到临头了!"国王勉为其难地保持着笑容道:"你们这些王子,真是喜欢开玩笑!"

康齐轻蔑地说:"行,那我就找一个能和你好好说话的人!将军!"国王见康齐这么一喊,连忙说:"我拜托你们别叫了!我愿意向你们表示敬意,我向你们低头道歉。但条件是请不要再让我尴尬了,我愿意向你们行这个礼。你们就行行好,让我离开这里吧,我不会再回来的。"

康齐紧接着问他:"你干吗要逃跑呢?我没有妨碍你在这里当国王呀,我们让你继续把这个谎圆下去。这里的人信任你吗?"

假国王说:"是的,街上的群众看到我都信任我、跟随我。一开始有人怀疑过我,但是后来跟随我的人多了,那些人也就开始相信我了,相信我的人多了,那些人也就对我没有疑虑了。我都不需要过多地为自己做宣传。"

康齐对他说:"真是个好消息。那从现在开始,我们也会帮助你的,和你站在同一战线上。但是你得答应帮我们做一件事情,当成是报答我们吧。"

假国王说:"既然你们愿意协助我登上王位,那提点要求是应该的。"康齐说:"我们现在的要求是让你去查看一下苏达沙那这位王后,你得小心行事呀!"假国王说:"我一定会小心办理这件事情的。"

康齐对他说:"我们还不能完全信任你,所以你得听从我们的安排。你现在就带着这样的排场到皇宫前庭去。"接着,王子们和假国王便一起去商量对策了。这个时候的民众依旧沉浸在热闹的氛围中,都没有人察觉到这件事情的发生。

街上有些市民又看到那位老人,其中一人问他:"老人家,我还是那句话,并且想把这句话重复上百遍,我们的国王是个冒牌货!"老人对他说:"你怎么只重复上百遍呢?你没有必要克制自己的情绪,可以随意说上上万遍,只要说出你的心里话后自己感到开心就好。"

另一个市民说:"我们没有办法不怀疑这个人。"老人说:"那就大声地说出你心中的种种质疑!"有个市民接过话茬说:"我要向世界公布,说我们的国王是个冒牌货,他只不过是人们心中的幻影而已。"那个说要重复说很多遍的人说:"我们要站在很高的地方大声宣布,说我们的国家根本就没有所谓的国王。如果真的存在,我们就任杀任剐。"

老人说:"国王是不会因为这样就处罚你们的。"一个体型瘦小的人说:"我的儿子在年轻的时候因发高烧而死。如果真的有个贤君存在,我们难道还会遭到这样的不幸吗?"

老人对他说:"但是你现在还有一个孩子呀,我的五个孩子都已经相继逝世了。"一个市民问老人:"遇到这样的事情,你心里没有任何想法吗?"老人对他说:"这能有什么想法? 就因为我的孩子都死去了,所以我就可以断定这个国家没有国王治理吗? 我可不是一个弱智的人。"

又有一个市民说话了,"咱们连自己的温饱问题都解决不了,却还有心思在这里聊国王的存在与否。你饿着肚子的时候,国王会给你一口饭吃吗?"老人说:"你的想法很正确! 但是你有去找过国王救济吗? 光是在家里忍受着,这是不能解决问题的。"

围观的市民纷纷发表自己的看法:"我们的国王是个无能的君主。我认识一个名叫巴都拉森的人,他一谈到国王就会感动得落泪。他这个傻子,自己都贫困到那个地步了,也不知为什么还要如此感激国王。"

老人说:"我就以自己作为一个例子吧,我每天为国王辛苦劳累地工作,但是直到现在我都没有拿到一分钱工钱。"一个人问他:"那对此你有什么感想呢?"

老人说:"我会有什么想法? 你们愿意向一个朋友伸手要犒劳吗? 你们都观光去吧,只要你们开心,你们可以认为我们的国王是不存在的,而这也可以是一种过好节日的自我安慰方法。"

说完,大家就不再讨论,向四面八方散去了。

这个时候的王后苏达沙那正在城楼上与自己的朋友罗希尼站

着聊天。王后说:"你也许不能认出,但是我怎么可能会认不出来呢?我可是国王的妻子,看那个国王。"

罗希尼对她说:"既然国王如此赞美你,为什么他不让你看清他的容貌呢?"王后说:"我光看他的外形,就已经遏制不住自己内心的想法了。你对那个人有了解吗?"

罗希尼说:"我有了解过,大家都说他是国王。"王后还是怀疑:"这个国王来自哪个国家呢?"罗希尼肯定地说:"那肯定是我们这个国家呀!"

王后说:"你是说旗帜上绣着鲜花的人?"罗希尼说:"是的,说的正是他。"王后说:"倘若说的是他,那我早已经猜测出来了。就不用你告诉我了。"

罗希尼说:"我们得查探清楚,我不想让你出丑,万一认错了呢?"王后说:"如果婢女苏任加玛也在身旁就好了,她可以帮我认出真正的国王。"罗希尼问道:"您认为一个婢女的眼力比我们好?"王后说:"话也不能这么说,但是她一看就可以感应出哪个是真国王。"

罗希尼说:"我可不信,这只是她自夸而已。就算她认出哪个是真的,但又有什么证据可以证明。如果我们也像她脸皮那么厚,那我们也可以随便声称能认出真国王了。"

王后说："她从来没有以此为傲过。"罗希尼说："那是她伪装得好。不夸大总比夸大更能够让人相信。她的城府太深,我们不能轻易相信她。"

"无论你对她的评价怎么样,我还是很信赖她。"王后说。

罗希尼说："那行,我这就去叫她。倘若一定要她来才能认出国王,那她真的碰上好事了。"王后说："不是我们太相信她,只是我想让每个人都信服我们认出来的人便是国王。"

罗希尼说："大家都那么认为了。你听呀,人们高兴的叫喊声已经传到这里了。"那个假国王正带着他华丽的队伍浩浩荡荡地从皇宫旁边的道路上走来,但是王后没有注意。

王后对罗希尼说："你用荷叶捧一些花去送给他吧!"罗希尼说："万一他问这花是谁送的,那我将如何回话呢?"

王后说："你可以不回答,他自然会懂的。我可不希望他从这里经过,还当真以为我没有把他认出来。"于是,罗希尼便奉命把花送给了假国王。

王后高兴地自言自语道："今晚我的心怎么跳得如此的快?满天的繁星是如此璀璨,就像打开酒盖后溢出来的泡沫。来人啊,有人在吗?"一个奴婢来到王后的跟前问:"王后,请问您有什么吩咐?"

王后说:"你去把皇宫附近唱歌的少年请到这里来,我想听他们歌唱。"仆人便去把那群少年请了过来。少年们在王后前面展开歌喉,唱出动人的歌声。

王后听着这动人的歌声,满心激动,赶紧让少年停了下来,说:"行了行了,你们可以停止了。你们的歌声让我回忆起好多伤感的事情,记起那些难以磨灭的形象。你们去哪里学的歌?我都可以想象出教你们唱歌的人是一位优雅的儒士。孩子们,我多么希望自己也可以自由地在大自然里奔跑呀。我应该奖赏你们什么东西呢?我这里的项链,上面串着的宝石就像泛着光的硬石头,还不比你们头上戴的花环好看。"

就在这个时候,罗希尼回来了。王后赶紧询问道:"我真是心太急了,太冒冒失失了。我紧张到都有些不好意思询问事情的经过了。行了,你赶紧跟我说一下事情的经过吧。"

罗希尼说:"当我把鲜花呈现给他的时候,他似乎不明白那是什么意思。"王后大吃一惊:"真的?他看起来很不理解吗?"罗希尼说:"他就像一个玩偶,没有任何表情,也有说点什么的,但就像在掩盖自己的不解。"

王后失望地大叫起来:"我这次真是丢脸了!我被我的好奇心害了。你为什么不把花带回来呢?"罗希尼说:"那怎么好意思拿回来呢?那个聪明的康齐王子就在他身旁看着,便笑了,说:'国王,苏达沙那王后想用花来表示对您的仰慕。'那个时候，国王似乎才明白了过来。他说：'这将是我收到的最好的礼物。'我正要赶回来禀报的时候，康齐王子便从国王的脖子上取下一条项链对我说：'小姐，这是国王赏给你的，答谢你带来的这份礼物。'"

王后听完后更加后悔了："看来康齐王子知道什么了。天哪，今晚的庆典就像专门让我扮小丑一样。我感到绝望啦，罗希尼，我想一个人静一下。"罗希尼便行礼离开了。

王后自言自语地说："今天这件事情就是一个巨大的耻辱，把我从前的自尊摔个粉碎。我已经把我在他心中的形象彻底毁灭了。我现在自愧不如，感觉真的很失败。我以后还要如何去面对他。我得向罗希尼把那项链要来，也不知道罗希尼会如何想。罗希尼！"

罗希尼听到王后召见她，便走了进来："王后，您有什么吩咐呢？"王后对她说："你能把项链给我吗？国王根本没有心送这个。我这里有一对镯子给你，你把项链留下来，然后你就可以出去了！"

罗希尼便用项链和镯子做了交换，然后就离去了。

王后又开始悲伤地喃喃自语道："我实在是太蠢了，我真想把这条项链毁掉。但是我却没有这个胆量，它就像刺那样扎在我的心里。它是今天节日之神专门送来侮辱我的礼物。"

这个时候的庆典大会现场，大家都高兴地拿着粉色花瓣和红色泥土四处撒着，来庆祝这个值得庆祝的节日。老人向一群年轻人喊道："大家玩得高兴吗？"当中的一个人回答道："哈，真是太高兴了，你瞧，我全身都变成红色了，别人也是这个样子。老人家你身上怎么没有变红呢？对了，国王现在会不会也变成红色的呢？"

另一个同伴对他说："国王住在深宫大院，谁都不能轻易靠近他。"老爷爷说："所以国王无法享受到这样的快乐，你们为什么不打算到皇宫内也给他撒一些呢？"又有一个同伴紧接着说："老人家啊，皇宫里面有他们专属的红色。你看卫士的头巾是红色的，眼睛也被映成了红色。皇宫内部戒备森严，只要稍微靠近一些，估计就会让我们的鲜血洒红成一片。"

老人对他说："你清楚就好，所以不要太靠近皇宫。我们把他们假设为被节日之神遗忘的人好了。"那人对老人说："老人家，我该回去了，已经到深夜了。"说完，他就转身离去。

就在这个时候，又有一群高歌的人走来。老人大声地和他们打了声招呼："很开心哟，朋友们。估计你们今天晚上玩得很开心吧？"

歌手们都满怀愉悦地回答："对啊，所有的东西都被我们染红了，除了天上的月亮依旧是洁白的。"

老人笑着说："月亮的白色只是它的保护色，所以从外表看上去它是白色的。我以前看见过它也曾向大地洒满红色。它怎么可以把我们染红了而自己依旧保持洁白呢？我们就用我们火红的心将它的洁白掩盖去吧。"

就在大家都还沉浸在欢声笑语中时，康齐和假国王也已经开始了他们的阴谋。康齐对假国王说："这件事你得依照安排去做，不能够出现一点错误。"假国王说："一定不会出差错的。"

康齐就说："你了解苏达沙那王后就寝的地方吗？"假国王回答说："知道，我已经查探过了。"康齐满意地说："你先去御花园放火，然后趁乱去做我们交代的事情。"假国王又胸有成竹地答应了。

康齐再次提醒他说："切记，你是一个假冒的国王，所以我们对你还不能完全信任。如果这个国家真的没有国王，绝不是什么好事。"假国王轻蔑地说："倘若没有，那就可以设立一个国王。不管一个国家需不需要一个国王，百姓还是很需要一个国王的。"康齐对他说："看来你成了拯救百姓的大英雄了，你这样乐于奉献的精神还真是值得我们去推崇呀。我也巴不得自己现在就能够成为百姓的救星。"

康齐和假国王赶紧进行他们的计划，罗希尼看到御花园里的园丁匆匆离去，感到这件事情有点蹊跷："你们这么慌张，这是准备去哪里呢？"园丁们回答说："我们要到御花园外头去。"

罗希尼更加疑惑了，"去哪里？"园丁们回答说："其实我们也不是很清楚,这是国王的吩咐,是国王叫我们去的。"罗希尼对他们说:"但是国王就待在御花园里面呀,外面怎么还会有国王呢?"园丁们也是满脸的疑惑。一个园丁说:"当然是我们自己看到的,国王在召见我们呀。"

罗希尼又紧接着说:"那你们是打算全部听从命令走啦?"一个园丁回答她说:"是的,而且得赶紧出发,要不然国王一定会责罚我们的。"说完,园丁们都急匆匆地走开了。这时,罗希尼看到迎面走来的寇沙拉王子。寇沙拉问罗希尼说:"你知道国王和康齐去了哪里吗?"罗希尼说:"他们不是就在花园里面吗?但是具体在哪个地方就不清楚了。"寇沙拉说:"我们不清楚他们有什么预谋,但是我们不能再信任这个康齐了。"说完,寇沙拉便自己离开了。

罗希尼心里有不祥的预感:"会不会要发生什么事情了,最好不要和我有关啊。"这时,阿凡提又一脸匆忙地赶来,他一见到罗希尼就问:"你有看到国王他们三人吗?"罗希尼如实说:"我不清楚,寇沙拉刚也问我这个问题,他已经朝那个方向走去了。"

阿凡提一脸的焦急:"我想知道的不是寇沙拉,而是想知道国王和康齐去哪儿了?"罗希尼说:"我也有一段时间没有看到他们了。"阿凡提说:"康齐私底下好像密谋了什么,估计他欺骗了我们。我还是不要卷入他们的阴谋中去好了。你能告诉我如何走出这个御花园吗?"

罗希尼说:"我不是很清楚。"阿凡提又焦急地问:"难道没有人能给我透露一点吗?"罗希尼说:"园丁们都离开这里了。"阿凡提很疑惑:"他们上哪里去了?"罗希尼说:"说实在话,我就知道他们说是国王下令让他们离开这里的。"

阿凡提紧接着问:"你指的是哪一个国王?"罗希尼更加不解了:"不清楚啊。"阿凡提一脸的心事说:"这下不好了,我得离开这里。我自己去寻找出去的路好了。"讲完,便匆匆离开。

罗希尼也喃喃自语道:"我该去哪里找国王呢?在我奉王后的命令去送花的时候,他没有做出任何反应。但是之后又要赏赐我礼物,这是有点让人捉摸不透。花园里面的鸟怎么像受到惊吓飞走了,这究竟是发生了什么事情,让它们如此不安呢?以往,鸟儿们都不会太吵,小鹿也不会如此急躁地跳来跳去呀,这一个晚上似乎太令人不安了。"

就在她还在思索的时候,附近的天空出现了一道火光,这道火光让她感到事情不好了。"我要上哪儿去找国王求救呢?"说完,她也急忙离去。

假国王看到燃起熊熊大火,便找到康齐询问道:"你到底在干什么?"康齐回答道:"我只想烧掉花园的一角而已,没有预料到火势会蔓延得如此快。你快告诉我们,逃亡的通道在哪里?"

假国王说:"这个我也不清楚。跟随着我的人也没有了踪影。"康齐发火道:"你出生在这个国家,会不清楚吗?"假国王回答:"像御花园这样的地方我从来没有来过。"康齐说:"不行。今天无论如何你要把我带出去,要不然我会让你死得很难看。"

假国王非常无奈地说:"你还是现在就动手杀我吧,乱闯御花园会死得更惨。"康齐说:"那你还敢四处宣扬你是国王?"假国王流着眼泪说道:"我是冒牌国王,我真的是个冒牌货,真正的国王你在哪里呀,快来救救我吧。我背叛了自己的君王,您就惩罚我吧,但是求您能够饶我一死。"说着说着,他竟跪在地上抖着身体抽泣起来。

康齐更加生气了:"你在这里哭喊有什么用呢?还不如赶紧想想法子逃出去。"假国王依旧跪在地板上呼喊着:"我已经无法站立了,已经难以行动了,随便你怎么看我好了,我已经失去希望了。"

康齐催着他:"你看你现在的样子,如果害得我也不能跑掉,你将会付出代价。"就在这个时候,周边响起了很多人的呼喊声:"国王,快来救救我们呀!大火把我们围困起来了。"康齐再次焦急地催促他:"赶紧起来呀,你这个蠢货,已经没有时间了。"但是假国王依旧一声不吭地跪在那里。这个时候,王后也急急忙忙地跑了过来,说:"陛下,赶紧想点办法,让我脱身吧,大火已经将我们围困起来

了。"假国王说:"你喊谁国王?我可不是国王呀!"王后大吃一惊:
"你不是国王?"假国王将头上的皇冠取下来丢掉说:"我不是国王,
我是一个骗子。"说完,就和康齐逃离了现场。

王后失望地大喊一声:"天呀!他竟然是冒牌的国王。火神呀,
你还是让我葬身于火海之中吧。我愿意投入你的怀抱,洗去我的耻
辱和欲望。"说完,王后便顺着火势走入皇宫内部。

罗希尼这时急急忙忙地跑到王后身旁:"王后,你是打算去哪里
呢?大火正在向皇宫蔓延呢。"王后像发了疯似的跑进皇宫,边跑边
说:"我要到火海中去,让它将我烧死吧!"罗希尼只好自己离开了。

王后回到皇宫的时候,遇到了真正的国王。国王对她说:"不要
担心,大火不会烧到这里的。"王后无地自容地说:"我不是怕火烧。
我怕的是内心燃起来的羞愧之火,这火已经将我的脸、我的眼睛,还
有我的心烧成炭灰了。"

国王安慰她说:"不要紧的,你心中的火过段时间就会熄灭的,
你会慢慢恢复的。"王后说:"这火难以熄灭,也不会熄灭了。"国王
继续安慰说:"不要灰心,我的王后。"王后说:"但是,我脖子上还挂
着别人赠送的项链呀。"国王对她说:"不要紧的,这项链本来就是
我的,是假国王偷偷从我这里取走的。"

王后感到更加无地自容了:"这是那个冒牌国王送给我的礼物,

我没有勇气将此遗忘。我想过要将它丢入火海，但是我依旧没有勇气，我在心中告诉自己，要与这含着耻辱的链子一起葬身于火海中。我现在已经完全弄不清楚，燃烧在我内心的是什么火了，我就想当一只飞蛾，能够完全没有顾忌地跳入火海中。因为这样让我万分痛苦，我心里是多么的不安。心中的火苗将会伴随着我的生命一直燃烧下去。"

国王对她说："但是你现在还是看清楚了我的容貌呀，这下你应该感到高兴吧?"王后说："但是我历尽各种磨难才能看到你，我还在怀疑自己是否真的把你看清了，总的来说，我觉得现在很恐怖。"

国王说："那你现在看到了什么?"王后说："我看到一张可怕的脸，可怕到让我不敢再去回忆。借着火光我就看了你一眼，但是你黑得和黑夜没有任何区别。紧接着我便闭上了眼睛，没敢再看一眼，我真的不敢看了。那样的感觉就像乌云席卷的天空，或是像暴风雨席卷大海，你的脸是如此的幽暗。"

国王对她说："我一开始就跟你说过了，你要先做足了心理准备，要不然你无法承受这么糟糕的结果，你一定会吓得离我远远的。虽然你已经历尽磨难，但是我还是希望能够让你一步步去接受，不能太唐突。"

王后说："我内心的那份耻辱让我没脸再面对你。我已经绝望了。"国王对她说："不要紧的,终究会有一天,你会发现这样的容貌将会给你带来安慰,解脱你内心的痛苦。我希望我们的爱是种植在彼此心中的。"

王后哭诉着："这已经无法挽回了,你对我的爱已经不会再有结果了,我已经背叛了你。我被美丽的外表所迷惑,我的眼睛受到了欺骗,让内心备受煎熬。我已经向你承认了,你就处罚我吧,随您怎么样,我都可以接受。"

国王说："你的内心已经惩罚你了。"王后说："就算你不将我赶走,我也会自己离去的。虽然你是国王,但是有很多事情,你还是不能够阻挡的。"

王后继续说："说句心里话,我无法接受你现在的模样。甚至说我感到很失望,为什么你要这样折磨我? 为什么别人会说你很美丽,但是我看到的却是如此漆黑的容貌? 我没有办法去接受这样的你。我见到的那位假国王,他的皮肤是如此白皙稚嫩,就像一朵洁白的花朵,又像漂亮的蝴蝶。"

国王说："你不要沉醉于这样的假象当中,那只是一张美丽的面具而已。"

王后说："我已经无法考虑那么多了。总的一句话,我已经难以再靠近你了。我要离开这里,我没有办法看到这样的你。就算我们在一起了,我们只是身体在一起,而我的心已经飞到别人那里去了。"

国王说:"你难道不愿意尝试着接近我吗?"

王后说:"我尝试过了,但是我越是想靠近,我的心就越是痛苦。如果和你在一起,我内心的羞耻之火会一直萦绕在心头。"

国王说:"那行吧,你想离我多远就走多远吧!"

王后一下又像火山爆发般,猛地喊道:"我岂能这样就离开你呢?难道只是因为你没有挽留我?你为什么不主动挽留我,然后给我一个重重的处罚,不要让我从你身边逃离呢?你为什么不处罚我?就算处罚得严重一些也是可以的。你这样一声不吭地忍让简直让我更加难过。"

"你难道认为我真的想一直沉默吗?你就真的认为我不想挽留你吗?"国王深情地说。

"不要再继续说下去了,我不要听。"王后大喊着,"我宁可听到你大声地呵斥我,让怒吼声将我脑海里的想法掩盖掉。再或者你可以下令囚禁我,总的来说,我没有真正想过要离开这里。"

国王说:"我可以放纵你,但是并不希望你离开我。"

王后说:"您真不希望我离开你?好吧,我一定要离开你的!"

国王无奈地说:"那你走吧!"王后又说:"请你不要怪罪我,是您没有好好挽留我的。我真的走了,你不会让卫士将我强行留下吧?"

国王说:"不会有任何人阻碍你的去路,你可以像大风那样自由地离开。"

王后又开始歇斯底里了:"我已经不能再忍受了,我内心总是有东西在驱使着让我离开这里。也许以后我就会自甘堕落,但是我不会再踏入这里半步。"说完,王后流着眼泪跑了出去,国王也唉声叹气地离开了。

这时,婢女苏任加玛走了进来,她一边走一边说:"您为什么要让我离开呢?您故意让我离开又把我召回。国王啊,您究竟想要做什么呢?"

过了一会儿,王后又哭哭啼啼地回来了,她大喊:"陛下、陛下。"但是进来后她只看到婢女苏任加玛。婢女对她说:"国王已经走了。"王后喃喃地说:"他离开了? 这代表他将永远舍弃我吗? 我已经想好回来了,他难道没有为此多等我一下吗? 看来我现在是真的自由了。苏任加玛,国王没有让你挽留我吗?"

婢女毫无掩盖地回复:"国王没有交代什么就离去了。"王后伤心地说:"那为什么还要用那样的话语安慰我呢? 他要用什么来爱我? 我真的自由了。但是,苏任加玛,我想了解一下,国王是否处死过一个犯人?"

婢女说："您是说死刑吗？国王从未想要将一个人判过死刑。"王后追问："那些囚犯最后都怎么处置？"婢女说："那些囚犯最后都被流放了。康齐承认自己的错误后，国王便遣送他回国了。"王后说："那这么说我就安心了。"

婢女看着王后的模样，忍不住开口道："王后，我有个不情之请。"王后说："你不用这么客气，国王赏赐给我的金银珠宝和所有饰品，我都会一一送给你的，那些东西再也不值得我去留恋了。"婢女接过话题说："王后，我请求的不是那些东西。我比较简单朴实，国王也从来不会想要赏赐我什么首饰，也从来没有赏赐一些让我可以在别人面前显摆的贵重物品。"

"那你想要我做点什么？"

"我打算随您一起离开，王后。"婢女把自己的心里话说了出来。

王后对她说："你为何突然有这样的请求呢？你可是要离开你的主人呢，你得好好考虑清楚呀。"宫女说："我没有离开他。只是您一个人离开，需要我来保护您，而国王也未曾离开过您。"

"你在说胡话吧，孩子。"王后说，"我打算劝罗希尼和我一起走，但是她却一点也不愿意。而你怎么会有这样的勇气呢？"

宫女说："这并不需要什么勇气，我只是心随着您，所以勇气也就油然而生了。"王后反倒没有答应她："你不要追随我，你的存在会让我时刻想起我所做的那些蠢事，我会受不了的。"

"王后，我现在的感受和您一样，我感觉现在的您就是我。您不需要把我当外人。我已经下定决心要追随着您。"婢女口吻坚定地说。

于是王后只能答应她的请求带着她一起离开了皇宫，然后回到自己父亲所在的国家去。当王后的父亲堪亚库普加王得知女儿回来的消息时，心里很不开心，反而有点失落，因为他已经知道女儿归来的原因。

大臣们禀报堪亚库普加王说："公主已经回到护城河边上了，是否需要派人前去迎接呢？"他火冒三丈地对大臣说："什么？像这样不讲仁义的女人，竟然抛弃自己的丈夫归来。我们有什么必要为她接风洗尘？难道我们是觉得丢脸还没有丢到家吗？"

大臣想了一下又问："那我们就在皇宫里把一块地方收拾出来让公主居住吧？""这也不可以。她回来了，就像对待婢女那样对待她，谁让她如此随便地丢弃自己的王后之位。"他看上去很生气。

大臣劝他说："陛下，这样对待公主是不是太残忍了？"

"作为他的父皇，我得让她感受一些苦难！"他依旧怀着很大的火气。

大臣说："那我们就按照您的吩咐去办了。"

堪亚库普加王对大臣说:"不要让其他人知道她的身份,要不然会带来不必要的麻烦。"大臣感到疑惑:"陛下,您是在担心什么呢?"

他对大臣说:"一个王后背信弃义地丢弃自己的王后之位,这一定会受到惩罚的。这个女人正在带着这样的厄运回家,我一想起这件事就觉得心惊胆战。"

紧接着,王后便依照好她父王的指示去做苦力。王后在过着辛苦的婢女生活的时候,内心一阵阵的心酸、烦躁。王后向苏任加玛喊道:"你离开我吧!我内心感到很烦躁,谁都没有办法让它平息。你如此忍气吞声地跟随我,这会让我的内心备受煎熬。"

苏任加玛问她:"王后,您心里到底有什么不愉快的呢?"王后说:"我自己也不清楚。我感觉一切都被我亲手给毁了,感觉什么东西都没有了。我没有了王后这样的尊称,一眨眼竟然变成了一个婢女,还要在这不见天日的鬼地方辛苦劳役,流血流汗。为什么全世界没有因为我的劳苦而让我重新焕发光彩呢?为什么大地上的一切没有被我所做的事震撼到呢?难道我身份的低下就像随风飘落的花瓣,不会引起任何一个人对我的察觉吗?我身份的低下,就像划过天际的流星,在空中就把光芒熄灭陨落了?"

苏任加玛安慰她说:"不要想太多了。森林起火的时候,都是先冒烟,最后才会看到旺火。"

王后又说:"我把自己的王后之位丢掉了,将自己的所有美名也丢掉了。现在我感觉内心空空的,仿佛没有值得我的灵魂留恋的东西。孤独是多么的可怕呀!"

"您不会孤单一人的!"苏任加玛继续安慰她。

王后说:"苏任加玛,我内心的想法没有必要向你隐藏。当那个冒牌的国王在皇宫点起熊熊大火的时候,我几乎没有察觉到有什么反常的事情,内心反倒还有一些高兴。如此肮脏的行为竟然会给我带来快感。那把火能让我整个人沸腾,让我内心升起了一股力量。这么痛快的感觉让我把以前的一切遗忘掉了。但是,这一切都只不过是我的幻觉而已。他为什么还不来把我带走呢?"

苏任加玛说:"那火其实是康齐点燃的,根本就不是假国王。"王后说:"看来他是一个懦夫。他的外表看上去是那么的英俊潇洒,但却是一个没有胆量的懦夫。我就因为这么一个小人物,把自己给迷惑住了。这真是让我蒙受了耻辱呀。苏任加玛,你觉得国王是否会来把我接回去呢?"

苏任加玛不知道该如何回答,因而只能保持沉默。王后接着说:"难道你以为我真的这么迫切想要回去吗?才不呢!就算国王真的来把我接走,我也不会愿意跟他走的。我离开的时候,他竟然都没有挽留我,还把所有大门敞开着让我走出去。我独自走在皇宫的道路上,心里有说不出的滋味。所走过的路就像国王冰冷的心,而且那路无论对谁都是如此。你的国王是一个多么冷酷无情的人呀!"

苏任加玛终于说出一句:"大家都知道国王冷酷无情,也没有人敢去劝他改变。"王后说:"那你为什么还要对他如此忠心呢?"苏任加玛说:"我支持他永远保持着这样的冷酷无情,千万不要被我们的眼泪所欺骗。虽然我个人会觉得很残忍,但是他依旧要保持着那样的荣光和胜利。"

王后沉默了一会儿,突然对苏任加玛说:"瞧,遥远的东边的地平线上,尘土好像都飞扬起来了。"苏任加玛说:"嗯,我也瞧见了。"

王后说:"那像是车轮滚过、旗帜飘扬扬起来的尘土吗?"苏任加玛回答说:"嗯,看到旗帜了。"王后激动地说:"那么,那是他的身影,他最后还是来了。"

苏任加玛问她说:"您所指的'他'是谁?"王后说:"你认为是谁? 当然是我们的国王啊,没有我在他身边的日子,他是怎么过的呀? 他怎么能够忍受这么多天呢?"

苏任加玛说:"不对,那也许不是国王。"王后愤恨地说:"确定不是吗? 你怎么可以这么猜测呢? 你也清楚你的国王是个冷酷无情的君主,对吧? 我倒真想知道他可以冷酷到什么地步。我一开始就打赌他会来接我的,他会骑着快马来接我。你就等着瞧他到时候是怎样承认自己的不是的吧!苏任加玛,你去前面查探一下,看看是否真的是国王。倘若是的话,我是绝对不会随他去的,绝对不会的,永远都不会的!"

接着苏任加玛便出去查看情况去了,只剩下王后一个人在那里内心挣扎着。没一会儿,苏任加玛回来了。她走进来回复说:"王后,来的不是国王。"

王后大怒:"不是国王?你真的看清楚不是国王?他难道不回来了吗?"苏任加玛说:"真的不是国王,国王一般都不会大张旗鼓地来的,而且不会让任何人知道他会在什么时候来。"

王后紧接着问:"那来的是谁呢?"苏任加玛说:"来的是那个假国王和康齐王子。"王后说:"你知道那个假国王的真实姓名吗?"苏任加玛说:"他的名字叫做苏伐那。"

王后说:"他竟然还会出现,我一直以为我已经像垃圾一样被丢弃了,不会再有人靠近我了。万万没有想到他会来找我,他真是我心目中的英雄。苏任加玛,你以前认识苏伐那吗?"

苏任加玛勉强回答:"王后,我住在我父亲家的时候就认识他了,他是一个赌徒。"王后抢过话说:"你别再讲了,他是我心中的美男子、大英雄。你不必谈论他的过去,我清楚他的为人。你再瞧一下你们现在的国王，长成什么模样，我现在都已经到了这种地步，他依旧没有出现过。希望他不要怪罪我，毕竟我是不会用一生的时间像苦力那样在这里等待他的。我才不要什么都依着他呢！"

王后的内心热血沸腾，连苏任加玛也不知道该怎么去回答她的话。康齐来了，只是他是来会见堪亚库普加王的。

堪亚库普加王派出使者迎接，康齐对使者说："回去转达给你们的国王，不需要用过多的礼节招待我们。我只是回国顺道经过这里，想要在此解救正在被苦难折磨的苏达沙那王后。"

使者对他说："公主就在他父王的家里头，还需要您解救什么呢？"康齐说："只有还没有出阁的女儿才可以生活在自己的父亲家。"

使者回复说："但是她又不是和自己的父亲断绝血缘关系。"康齐说："那目前的情况还不足以说明他们断绝关系？"使者说："除非她死，要不然这种血缘关系会持续下去。陛下，目前的关系只是暂时的，不是永久破裂。"

康齐威胁说："若是你们的国王不肯和和气气地把他的女儿交出来，那我也只能用武力解决了。这是我最后的忍耐，你把这话传达给你们国王吧！"使者义正词严地说："请不要认为我们的国王就不会用武力解决问题。他绝对不会因为你的几句话就交出自己的女儿。"

康齐得意地说："那你转告给你的国王,我一开始就料到他会这么说!"使者便愤愤地离去了。

苏伐那对康齐说："我们这样是不是太过分了?"康齐说："如果不弄出点事情,难道还有什么刺激的吗?"

苏伐那说："想要激怒堪亚库普加王也不是太难的事情。但是……"康齐没有让他把话说完:"如果你什么事情都有'但是',那你就无法顺利完成一件事情,这世界上的事情都不是绝对的。"

就在这个时候,康齐的手下来禀报:"我们刚得到消息,寇沙拉、阿凡提和卡林加几位王子也带着军队正在赶来的路上。"

康齐挥手示意手下退下,他说:"我一直担忧的事情还是发生了。苏达沙那王后丢掉桂冠出走的事情不知道什么时候已经传开了。看来我们要浴血奋战了,就算撑到最后也有可能是徒劳的。"

苏伐那说："那现在还有什么挽救的办法呢? 这消息估计是国王让人传播出去的。"康齐问道:"他这样做对他自己有什么好处呢?"

苏伐那说："他的目的就是看贪婪的人之间发生斗争,然后他能坐收渔利。"康齐好好地思索了一番说:"我现在知道你们国王从未露面的原因了。因为他可以在隐秘的地方制造各种慌乱,让人们不能随意有什么坏的动机。但是我还是认为,你们的国王真的是不存在的,他的整个形象都是谣言。"

苏伐那感到全身不安,请求康齐道:"请让我离开吧。"康齐却说:"现在还不能让你走,你对这件事情有一定的作用。"

就在这个时候,康齐的手下又回来禀报说:"维拉提、潘迦拉和维达巴几位王子的军队已经到了,他们就驻扎在河对岸。"康齐不胜其烦地挥手示意手下退下去。他对苏伐那说:"咱们现在要一起加油,先把堪亚库普加王的军队解决了,然后再好好想办法处理他们。"

现在的苏伐那害怕得不得了,他说:"我不想与这件事情扯上任何的关系。我恳求您就放我一马吧。我只不过是一个胆小的假国王而已,他们想要消灭我简直就是易如反掌,我实在是没有能力去还击。"

康齐对他说:"我的计划中已经把你安排进去了,你起码还是有点用处的。你不像你的国王那样只是个幻影,一点用处都没有。"

苏伐那别无他法,只能沉默地等待安排,但是他内心正在想着如何借机逃跑。

康齐和堪亚库普加王的军队很快就交火了,两边的作战异常的激烈。王后在屋子内听到这个消息后,赶紧问苏任加玛说:"战斗还在继续着吗?"苏任加玛说:"依旧和以前那样激烈。"

王后担心地说:"在战争爆发以前,父王就对我说过:'就因为你背叛你的夫君,才会招来七个敌人。我现在巴不得将你大卸七块分给他们。'唉,他如果真的可以那么做,现在的情况也不会如此糟糕。苏任加玛,你说我说得对吗?"

苏任加玛犹豫了一下说:"是吧。"王后又想到了自己的国王:"国王如果知道我们现在的处境,他难道不会想法子营救我们吗?"

苏任加玛说:"王后啊,这样的话我怎么好回答你呢? 我没有办法像国王那样回答您。更何况我也不是很了解国王,所以对这件事情也不能乱下结论。"王后又问:"那这次开战的还有哪些人呢?"苏任加玛说:"就是那七个王子呀。"王后说:"还有其他人参与吗?"苏任加玛说:"还没有开战前,苏伐那就打算当逃兵,但是被康齐囚禁在牢里面了。"

王后懊悔地说:"唉,这一切祸害都是因我而起,我应该一开始就自我毁灭。国王呀,你就算不愿意帮我,也要考虑一下我的父王呀。这样的帮助会让你威名远扬的。苏任加玛,你肯定国王没有卷入这场战斗?"

苏任加玛说:"我也不确定。"王后突然记起一件事情:"好像从我来这里开始,窗外总是有人在弹奏七弦琴。"苏任加玛说:"那也许只是一个爱音乐之人在附近练曲子而已,估计和您没多大的联系,您就不要再乱猜测了。"

王后却继续说："我的窗外是一座森林，我一听到这琴声就有冲动想知道弹琴的人是谁，但是我却看不到他的踪影。"苏任加玛对她说："也许那人只是恰好路过这里，然后在树下随手弹唱而已。"

王后说："也许是吧，或许就是这样。但这不禁勾起我对皇宫生活的回忆。我以前在窗户边上卸妆，沉浸在黑暗中的时候，总能够听到高山流水的琴声，我的心情也跟着旋律跳动。"

苏任加玛说："呵呵，黑暗的温柔与静谧无法让人理解，我也是他的侍从之一呢。"王后问她："那为何你愿意离开暗室跟随我呢？"苏任加玛说："因为我知道国王一直在追随着我们，总有一天他会带我们回去的。"

王后悲伤地说："不会的，他不会再出现了。他会离我们远远的，他肯定会这样做的。"苏任加玛安慰她说："如果国王真的这样抛下我们，那我们心中又为何还要这样惦念着他呢？他如果不为我们多想一些，那么他的暗室将会愈发的冷清，再也不会听到悦耳的七弦琴声了。并且那间暗室不会再有人呼喊我和您的名字了，留下的只有如梦般的记忆。"

她们正在谈论着的时候，突然有人找王后。王后问他："你是哪位？"那个人回答说："我是皇宫里看门的卫士。"王后说："你是不是要告诉我什么好消息？你赶紧说吧！"

看门的卫士说:"您的父王已经战败。"王后一听,便惊叫一声晕倒在地板上。苏任加玛赶紧把她叫醒。

而在康齐的军营里,苏伐那打算再次请求康齐放走自己。他对康齐说:"目前看来应该不需要打仗了吧?"康齐说:"不需要再打了。我已经和几位王子商量好了,说王后只会选择国王,其他人也不要再白费心机了。"

苏伐那高兴地说:"照这样看来您现在应该不需要我了。陛下,请您把我放走吧,我没有能力为您效劳。我已经被这么多的灾难吓到了。我真的是个没有用处的胆小鬼。"

康齐说:"你可以站在我背后帮我撑下场面。"苏伐那哀求他说:"您可以吩咐我做点别的,您这样留着我,一点用处也没有呢!"

康齐说:"你这人虽然有野心,但是太过愚笨,这会影响了你的前程,你难道感觉不到王后对你的感情吗?你想一下,只要王后心里还有你,她是不会改嫁给几位王子当中的任何一个的,久而久之她自己就会和我站在同一战线上。"

苏伐那想了一下说道:"您对我持有的这些幻想,是多么的不符合现实,而且非常的危险。我请求您,别让我再一次成为您幻想中的那个角色了。我诚心地请求您,饶了我吧!"

康齐说:"一旦我的计划成为了现实,我一点都不会阻止你离开。如果我得到了想要的，却还把你这没有任何用处的人留着，那不是在给自己找麻烦吗？"讲完，他得意扬扬地笑了，而苏伐那则是一脸的苦瓜相。

苏任加玛把王后救醒了，醒过来的王后在知道了康齐要求她去与几位王子见面的事后，对苏任加玛说："如果想要让我的父亲回来，就一定要和王子们见面吗？还能有什么别的方法吗？"

苏任加玛说："康齐说别无他法。"王后生气地说："作为一个王子，这样的话他都能说出来，是他说的吗？"苏任加玛说："我不清楚，这些话是那个假国王苏伐那传过来的。"

王后悲叹道："我怎么会有这么苦的命啊？"苏任加玛继续说："那个假国王手里拿着几枝早已枯萎的花说，这是王后作为节日礼物送给他的。这些花虽然已经枯萎了，但是在他的心里永远是刚刚盛开的样子。"

王后听了，变得很愤怒："住嘴！不要再讲下去了！你还打击我！"苏任加玛说："现在所有的王子们都戴着带有花环的王冠等在皇宫的会堂里呢，康齐王子是没有花环的那个。在康齐王子的后面打着伞的就是苏伐那。"王后说："你肯定那个人就是苏伐那？你怎么知道那个人是他？"苏任加玛说："没错，我一眼就能把他认出来。"

王后说："我在节日上见到的这个人和现在一点也不一样！那

个时候的他是那么的神秘和漂亮,携带着清风和香气向我走来。那个人怎么可能会是他呢? 怎么可能呢?"

苏任加玛说:"那个人的外表真的非常英俊,大家都是这么认为的。"王后气愤地说:"我眼睛被污染了,我要怎么做才能不被这美丽的躯壳欺骗呢,我要怎么做才能把眼睛里的污秽洗干净呢?"

苏任加玛说:"您只能在无边无际的黑暗里才能清洗自己的眼睛。"王后叹了口气,说:"苏任加玛,在你看来,一个人要怎么做才能不去犯这样的错误呢?"苏任加玛说:"这个人早就已经在毁灭自己了,在他还没有犯错的时候。"

这个时候,使者过来对王后说:"公主,王子们全部在等你!"等使者走出去之后,王后回过身和苏任加玛说:"你去拿一下我的面纱。"于是苏任加玛转身为王后拿面纱去了。

王后独自一个人再一次沉浸在痛苦之中:"国王啊,我独一无二的国王。你为什么要这样做,难道说你已经把我抛弃了? 你怎么可能会不清楚我心里那些真实的想法呢?"她一边说,一边把一把尖刀从身上取了出来,暗自决定:"反正如此大的侮辱我都已经受到了,那么今天我就要当着几位王子的面,用这个来一雪前耻。国王啊,在我内心的最里面有着你永远都不可能知道的纯粹干净的东西。那些只有你看到过,如今我只能孤独地留给自己了。亲爱的国王,我的内心还没有人进来过,难道你不想进来吗? 那就这样吧,我的心门就让死亡来开启吧。因为死亡就如同你那黑暗而漂亮的外表。国王啊! 最后我终于能与你在一起了,与死亡一起。"

这时,在会堂里等待的王子们都有点不耐烦了。突然,维达巴对康齐说:"你为什么没有在身上穿戴任何的饰品呢?"康齐跟他说:"对于这件事我没抱任何的期望。因为一旦失败了,这些饰品只会更加彰显我的羞耻。"

卡林加笑着对他说:"不过你后面那个打伞的倒是从头装饰到了脚,这正好弥补了你的不足。"维拉提接过他的话说:"在康齐看来,华美的外表是没有任何用处的,只要拥有了一颗坚强的心,那些只能修饰外表的东西还需要吗?"寇沙拉说:"他才没有这么好的想法。他不过是为了在众多王子当中突出自己,刻意不用任何饰品以此来彰显他的庄严和肃穆。"

对于王子们的议论,潘迦拉也发表了自己的意见:"这事康齐做得太好了。女人好比是飞蛾,那闪耀着财富的火焰才是她们的目标。"

突然,卡林加说:"还要让我们在这里等多长时间?"康齐终于开口说:"不要着急,卡林加,欲速则不达。"卡林加说:"我要是知道我能得到,我肯定不会着急了。但是我非常清楚自己没有这个可能,因此我仅仅是着急见到她,别的就不奢望了。"

康齐故意装成一副深沉的样子跟他说:"你的年龄还很小呢,机会多的是。我们就不一样了,错过了这次机会就没有下一次了。"

寇沙拉说:"康齐,你有感觉到你的座位在晃动吗? 难道是地震了?"康齐说:"地震吗? 我不晓得。"维达巴好像想到了什么,说道:"那更像是有成千上万的士兵正往这里来。"

卡林加却轻蔑地说:"你的这种假设好像是有据可依的,只不过连传令官抑或是信使都没有见到之前,你的这种假设只会是错的。"维达巴对他的说法却不相信,接着说:"总而言之,这是一种不好的前兆。"

对此,康齐的看法与卡林加的一样:"你这是太过惊慌了,这么的疑神疑鬼! 这会让你见到任何事情都感觉害怕的。"维达巴坚持他的观点,说:"我是不可能害怕什么东西的,除了命运我抵抗不了。在强悍的命运面前表现自己的勇敢和自称英雄,这不是非常荒谬吗?"

潘迦拉也反对道:"维达巴,你那荒谬的假设把这里的气氛都破坏掉了。"康齐说:"怎么样我都不会相信还没发生的事的,我只相信我所看到的事实。"维达巴仍然一本正经地说:"等到事情真的发生了的时候,你就会后悔不已的。"

潘迦拉惬意地说:"我想今天是不会发生什么事情的,这个日子非常好。"维达巴跟他说:"难道好的日子就没有可能出现意料之外的事情吗?康齐,你不要对自己这么有信心。尽管我们有时能够避开灾难,但是在毁灭性的力量面前,我们的这些行为是没有任何用武之地的。"

卡林加忽然说:"你们听到了音乐的声音吗? 从外面传过来的。"康齐说:"想必是苏达沙那王后到了。"于是他转过身对后面的苏伐那说:"到时你不要只会躲在我的身后发抖啊,振作点!"但是王子们见到的却不是王后,而是一个身着戎装的老人,王子们在月圆节的庆祝会上见过他。卡林加大声说道;"你是什么人? 到这里来干什么?"

潘迦拉也跟着恶狠狠地说:"谁这么大的胆子,在没有我们同意的情况下闯了进来?"维拉提也帮腔道:"这个人简直无法无天,卡林加,你怎么不拦住他!"

卡林加却很淡定地说道:"我是我们这些人中年纪最小的,你们为什么不去挡住他呢?"维达巴赶紧劝住他们说:"请不要吵了,看看他来干什么吧?"

老人走到他们的前面,说道:"国王陛下驾到!"维达巴吓了一大跳,但还是很好奇地问道:"哪个国王?"潘迦拉也匆匆地问道:"你说的是哪个?"卡林加跟着问:"哪里来的国王啊?"

老人很骄傲地说:"我的国王!"卡林加感到很疑惑:"到底是哪个国王?"寇沙拉也问:"你到底想说明什么?"老人回答说:"其实我说什么,你们很清楚,他已经来了。"维达巴重复了一遍他的话:"他已经来了?"寇沙拉问他说:"他来这里干什么?"

老人说:"我的国王召见你们。"康齐终于说了句话:"他召见我们? 他召见,我们就非去不可么? 凭什么啊!"

老人回答说:"你们自己决定吧! 去还是不去随你们,没有人强迫你们去,只是,国王已经准备了你们需要的东西等待着你们。"

维达巴问老人:"你又是什么人?"老人说:"我是我们国家的将军。"康齐不相信他的话:"你是将军? 你以为这样就能把我们镇住么? 你以为我没见过你吗? 不要在我面前冒充将军。"

老人回道:"我们是见过面,我的身份的确不足以作为使者来见你们,但是我的确是国王任命的将军,他没有安排那些骁勇的人来,却命令我来。"

康齐也没有再问,他说:"那好吧,我们有时间的话,会去看望他的,只是现在我们还有非常重要的事情需要做,等这里的事完了之后我们才会见他。"老人说:"国王作出指示后,是不会有耐心等太长时间的。"

寇沙拉首先坚持不住了:"行吧,我听从他的旨意,就算现在马上赶过去我也是愿意的。"维达巴也接着说:"我认为等我们的事情结束了再去不是很好,还是立刻就去吧!"卡林加也马上接着说:"我是最年轻的,我和你们一起去!"

这个时候潘迦拉告诉康齐说:"你瞧瞧你后面,在你没注意的时候,为你打伞的人早跑掉了!"康齐只能接着说:"将军,你们的国王,我现在就去见。只不过我是不会向他俯首称臣的,我要和他开战!"

老人依然面不改色地说:"在战场上你会如愿与我的国王相见的,那里将会是款待你的一个好场所。"

见到康齐的态度,维拉提马上说:"王子们,我们还没能看到他,就想着被打败了。瞧瞧康齐王子,开战可能是最好的做法!"

潘迦拉也转变了看法:"没错,过不了多久计划就要实现了,我们现在就放弃不是就半途而废了吗?"

卡林加反应也非常快:"我同意康齐王子的做法。他一定已经有了一个周详的计划,不然他没有这样的胆子这么做的。"

于是,王子们集合了自己的部队,开始和国王交战。可是这些王子们临时纠集的部队各自为政,有的会义无反顾地往前冲,有的还没有开打就已经逃跑了,还有一些在隔岸观火。这样没过多久国王就胜利了。尽管康齐在战场上表现得非常勇敢,但是一直到他中

箭受伤之前,仍然无法接受自己的失败。别的王子四处逃散,把康齐一个人留在了战场。

接着,王子们全部都被抓了回来,包括康齐。康齐的箭伤被医生治好了,只不过从今往后那个代表着耻辱的伤疤会一直伴随着他。除了康齐,其他的王子都在法庭上受到了法官的判刑。

当国王战胜的消息传到王后的耳朵里时,她急忙让苏任加玛去打探与国王有关的消息,盼望着国王可以过来看她,但是只有那个老人来了,国王却没来。

王后看到老人后说:"是国王派你过来的,请让我向你致意。"老人说:"王后,请不要如此,我从不需要什么人的敬意。任何人都是我的朋友。"

接着王后就说:"我期望你能够给我捎来好的消息,要等多久国王才会过来接我。"但是就连老人也不清楚国王的行踪。王后问老人:"国王已经走了吗?"老人说:"就连他的影子我都没有看到。"

这让王后感觉非常的奇怪:"他这样一声不响地就走了,你还认为他是你的朋友吗?"老人说:"很多市民对国王也是很有意见的,但是他一点也不在意这些。"

王后又叹息道:"他就这样离开了!多么冷漠的人啊,他的心就像钻石一样的坚硬。曾经我尝试着用心去软化他,我甚至愿意用刀把自己的胸膛刺破,但是仍然感动不了他。老爷爷,请跟我说说,你是如何与他这样冷漠的人做朋友的?"老人回答说:"但是我了解他。"

王后说:"那他能不能使我也能了解他呢?"老人说:"会的,他会非常愿意这样做的。"王后说:"那行,我倒要瞧瞧他到底有多么无情,我要在这里等,看他到底什么时候会来。"

老人说:"你可以在这里等他,因为你还很年轻。但是我不年轻了,对于我来说时间是很宝贵的,我一定要回我的国家了。"说完之后,老人就转身走了。

王后感到非常的矛盾,她一会儿觉得国王非常无情,一会儿又觉得国王是为了自己才和王子们开战的。最终,王后下定决心要主动回去寻找国王。

这天晚上,在回国的路上老人见到了康齐。老人问他:"康齐,你为什么会在这?"康齐说:"国王送我走。"老人说:"他已经不是第一次这样做了。"康齐惋惜地说:"但是现在他再一次消失了。"老人说:"他对此乐不思蜀。"

康齐说:"他还会这样多长时间呢?当我想要反抗他的时候,他就如同暴风般将我的力量一下子吹散了;但是现在我要向他俯首称臣的时候,他又消失不见了。"

老人说:"康齐王子,你为什么要在深夜赶路呢?"康齐叹着气说:"我是害怕被人嘲笑,因为我是战败了之后才向国王俯首称臣的。"

老人笑着对他说:"所有人都是如此,他们只会嘲讽。"康齐问了老人同样的问题:"老爷爷,你怎么也在半夜赶路呢?"老人说:"因为我将要走向的是幸福的地方。"讲完,他嘴里哼着欢快的调子继续向前走了。

与此同时,王后和宫女苏任加玛也正在赶路回国。王后边赶路边对苏任加玛说:"昨天一整个晚上我都在哭,并且想了好多事情,以前的我是那么骄傲,就像一块坚硬的铁。现在我想清楚了,那就是我不应该待在这里等着国王的到来,而是应该主动去寻找国王。那在深夜一直号叫的风就好像是他对我的呼喊,使我的心慢慢地投降了。"苏任加玛对她说:"昨天晚上是这么地凝重焦虑啊。"王后接着说:"不过你知道吗?我好像再一次听见了国王弹奏七弦琴,那是真的吗?世上的人只记得我曾受到的羞耻,对于他在深夜对我的呼喊,只有我感觉到了。苏任加玛,那琴声,你听见了吗?难道这是我再一次的幻想?"

苏任加玛说:"我之所以决定追随您,就是因为我想要经常欣赏到这样的琴声。那手风琴的声音我也听见了,那就是对您的呼唤,我知道它总有一天会把阻碍爱的一切都消灭掉。"

王后说:"他最终让我踏上了回去的道路,我没有办法再抗拒了。当我看见他时,我要让他知道,'我心甘情愿地过来寻找你,再也不在原地等待了,为了见到你,我现在正在回国的路上,这一路我泪流满面',当我站在他面前时,至少我还拥有这一丁点儿的骄傲。"

苏任加玛说:"不过是他先来的,你就连这点骄傲也没有了,不然,你现在为什么会出现在回国的路上呢?"王后说:"可能他已经来了,当我觉得被他抛弃了的时候,我还认为我拥有那么一点骄傲。但是当我踏上回国之路,把这仅有的骄傲也放下的时候,我就感觉到了他的存在。他已经悄无声息地来过了。此刻的我没有一丝顾虑,我要见到他。苏任加玛,你瞧,这么晚了,不仅仅只有我们在赶路。"苏任加玛抬头看了看,说:"我看到了康齐王子。"王后惊讶地喊道:"康齐王子!"

康齐也见到王后了,他大声地说:"王后,请别害怕。"王后说:"我再也不会恐惧担忧了。"康齐来到王后的旁边说:"如今我们只不过是在同一条路上行走的旅客,请您不要再害怕。"

王后感叹着说道:"有什么人能够料到我们有一天会走在同一条路上呢?"康齐说:"王后,您为什么不坐车呢,我帮您喊一辆吧?"王后说:"不,我要自己走,假如坐车,快乐会离我而去。"

于是,王后和苏任加玛在康齐的伴随下一起到达了国王的皇宫,老人出来接待他们。老人跟王后说:"我的孩子,黑暗终于过去了。"王后说:"是你的祝福让我在黎明前来到了这里。"

老人说:"多么的没有礼貌啊,国王居然没有让车辇和仪仗出来接您。"王后说:"黎明的霞光和带着花香的微风就是对我最华丽的接待。"

老人接着说:"我怎么可以让王后这个样子就回到皇宫呢,您应该穿上袍服。"王后摇头说:"没有必要了,我早已不是什么王后了,我现在是他的奴婢。"

老人说:"但是你会受到大家的嘲讽的。"王后说:"没关系,让他们笑吧,我会把他们朝我扔的土当成是我为了见到国王而涂在身上的脂粉。"

老人说:"如果是这样,我就没什么好说的了。我们就和国王一起玩洒红粉的游戏吧,我们要让他的身上到处沾满我们洒的尘土。"

康齐说:"老爷爷,我也想要参与,我也要让尘土把我身上的衣服弄到看不出本来的样子。"

老人说:"这是非常简单的,我的朋友。你对我们的国王已经展示出了你的臣服,过不了多久你就会心想事成的。你瞧瞧王后,她还在和自己较劲呢。如果她认为这些简单的装扮能够把她的美丽掩盖的话,那她就错了,这些只会让她更加的美丽动人。任何装饰都是对她美的一种亵渎。让我们的国王看到这没有了浮华外表遮挡的美丽吧！"苏任加玛也感叹着说："大家看，太阳出来了。"

王后终于再一次见到了国王，在暗室里，她在国王的面前匍匐："主人，请不要再赐予我以前的荣耀了，我只愿以您奴婢的身份来服侍您。"

国王问她："现在你可以接纳我了？"王后诚挚地说："没错！从前的我不喜欢你的样貌，反而在娱乐园里找寻你。在娱乐园里却见到了比你要美丽但是却卑贱的奴仆。现在我的眼睛已经在黑暗中清洗干净了，你是不英俊，不过你的独特是没有任何东西能与之相比较的。"

国王跟她说："在你的心里有能够与我相比的东西。"王后说："那是因为我的心里有着你的爱，这不属于我，属于你，我的主人。"

国王说："所有的一切，全都结束了，从现在起暗室的门将会被打开。起来吧，让我们一起接受光明的召唤吧！"王后说："在走出暗室之前，请允许我在黑暗中再一次表达对你的崇敬吧，我那冷漠而又超凡脱俗的主人！"

9　素芭

一

这个女孩降临到这个世上的时候,大家都没有料到她居然是一个哑巴。她还有两个姐姐,名字分别是素岂细妮和素哈细妮。她的父亲便给了她一个相似的名字,叫素芭细妮,大家都喊她素芭。

当她两个姐姐出嫁的时候,依据当地的习俗,她们首先是被人再三地观看,之后又送上了大量的陪嫁之物。现如今,父母又开始担忧这个说不了话的小女儿素芭的婚事,那就好像是在他们的心里压上了一块沉甸甸的巨石。

大家都认为哑巴是不会有自己的感受的,所以就算当着她的面也会丝毫不加掩饰地表示自己的担忧。其实在她很小的时候,她已经感受到了这些,她认为自己是带着诅咒来到这个世界上的。她常常回避着别人的目光,独自一个人孤寂地待着,把自己和外面的世界隔离。她时常在心里想:倘使大家能把我忘记,我的感受反而会更好。

　　但是不会有人会忘记她，特别是她的父母，他们为了她的未来没日没夜地忧心。在她母亲看来，这个小女儿没有能够完整地完成对自己血脉的继承，认为小孩子是父母身体里的一部分，小女儿的残缺让她觉得非常的羞耻和惭愧。

　　素芭的父亲对她十分疼爱，给予这个小女儿的疼爱超过了她的两个姐姐，但是她的母亲对她的残缺却一直耿耿于怀，一直认为这是一种羞耻，所以非常讨厌素芭。

　　素芭有一双又黑又大的眼睛，并且有着很长的睫毛。她的嘴唇是如此漂亮，如花瓣般的美丽，但是无论她如何张着嘴，用尽力气地叫喊，都没有能说出话来。哪怕是一个正常人，要用语言来表述自己内心的想法也不是那么轻易地就能做到，甚至有的时候还需要别人的翻译；就算完完整整地表述出了自己的观点，还常常会因为表述方法的不一样而产生错误的理解。但是素芭的那双大眼睛就就像一张灵活巧妙的嘴一样，准确而清楚地表述着自己的情感。她眼睛的光芒能将所有的情感完全地表达出来了。

　　她的眼睛有时候大大地睁着，有时候紧紧地闭着，有时候散发出奇异的光彩，有时候黯然无光；有时就像空中的月亮，干净温柔；有时又像是快速的闪电，光芒乍现。先天的哑巴只有依靠自己多变的脸部神情来表达自己，但是人们却能在他们的眼睛里找到更深沉、丰富的含义,就好似那无边无际的天空,既有晨光也有暮色,光明和黑暗在其中自由地翱翔。

即使素芭是个哑巴,她也具有与大自然相同的品行,孤独而广博。但是,一般的小孩都发现不了她身上的优点,甚至有一些惧怕她,都故意躲避她,不想和她一起玩乐。她就如同那骄阳似火的晌午,寂静而孤独。

二

这个村庄在孟加拉邦,有一条小河从这个村庄穿过,它并没有很长,只是非常地苗条优美,每天它都不停歇地努力朝着自己的河道蜿蜒前进,也因为这样,它与河岸的村庄有了很深的感情。

小河的两岸分散着很多的房子,高高的河堤上有很多树木。小河每天从这个村庄匆匆流过,欢乐的河水给村民送来了许多美妙的东西,因此,它就像是村民眼里的幸福女神一样。

巴尼康托的房子就修建在这条小河的岸边,每天都能够看到划着小船在小河上自由来往的船夫。巴尼康托的家周围有一圈竹篱笆围绕着,篱笆里面有七间草棚,还有牛棚、仓库和草堆,另外还有一片果园,里面种了合欢树、芒果树、木棉树和香蕉树。

巴尼康托家的小女儿就是素芭,她每天完成自己手里的事情,就会独自来到河边聆听大自然的声音。这仿佛像是造物主因为她的缺陷而补偿给她的一项特殊的本领,使她能够从大自然中发现别人看不到的美景。淙淙的水流卷着岸边的熙熙攘攘,鸟儿的啼叫和渔民吟唱的小曲儿相映生辉。一阵微风把这里所有的声音全部融合在了一起,这位少女宁静的心岸像被大海里那此起彼伏的波涛拍打着。

大自然中各式各样的声音和不同的运动,都变成了这个拥有一双漂亮眼睛的哑女的语言,同时这也是属于大自然自己的语言。所有的一切,从地面到天空,都好似一句句生动的语言,里面包含着身体的诉说、脸上的神态、唱歌的声音、哭泣和叹息的声音。

到了中午,船夫和渔民们都回去吃午饭了,小河上也没有了船只往来。所有的人都开始了中午的休息,连小鸟也暂停了歌唱。整个世界都好像静止了,成了一座孤寂的雕像。就在这广阔无垠的天空下,默默无语的大自然和这个根本就不能说话的哑女静静地互相聆听着对方心里的声音。他们安静地面对面坐着。二者唯一不一样的是,大自然在烈日下暴晒着,而哑女则在树木的影子里坐着。

素芭家牛棚里的两头牛——绍尔波西和班古力,其实是素芭的两个贴心朋友,虽然它们听不懂素芭喊它们的名字,但是它们能分辨出素芭向它们走来的脚步声。这是一种不是语言却胜似语言的声音,让它们毫不困难地就能从中领会到她内心世界的不同。它们能够从中知道素芭会在什么时候来轻抚它们,斥责它们,又或者安慰它们。

对于这种语言,两头牛早就已经非常熟悉了,素芭一进入牛棚,就会张开双手去拥抱绍尔波西,用她的脸在它的耳旁来回地抚摸,而班古力就站在旁边用它那双大而圆的眼睛静静地看着她,还不时地用舌头去舔她、讨好她。

素芭每天最少要来牛棚三次,这还不算上其他时间的随意到访。每当素芭听到一些令她伤心的话时,就会马上来到两位朋友这里。它们也能够从她坚毅而忧愁的眼神中,感受到素芭心里的悲伤。它们理解似的靠近素芭,用它们的角轻轻抚摸素芭的胳膊,用这样的方法来抚慰她。

除了这两头牛是素芭的朋友外,还有一头山羊和一只小猫,只是对于素芭来说,和它们的友情是不一样的。它们十分乐意跟素芭亲昵地待在一起,特别是那只小猫,不管是白天还是晚上,老是喜欢在素芭暖和的怀里左顾右盼地打着瞌睡。每当它跳到素芭怀里时,素芭就用自己的小手在它的脖子和后背处轻柔地挠着,这让它很舒服。小猫非常喜欢她这么做,并且对此乐此不疲,甚至想要得到更多。

三

其实素芭还有个朋友,一个人类朋友,一个不是哑巴的人类朋友。不知道他们两个之间的不同会不会对她们的友谊有所影响，不过有一点能够确定的是，他们之间是没有共同语言的。这个人就是贡赛家里一个叫普罗达普的小男孩。

普罗达普是个很懒的小男孩，即使他的父母很多次绞尽脑汁想改变他，但是最后，这种努力却只能使他的父母知道了一件事——不要期望他能为这个家庭作出什么贡献。因此，他的亲人们都很不喜欢他，但是那些孤独的人却愿意和他在一起，自然也包括素芭。因为他整天都没事情做，所以他就成了娱乐大众的人物，就好像是城里那些不归任何人拥有的公园一样。在这个村子里，也要有他这样游手好闲的人来把工作和娱乐方面的空缺补上。

事实上，钓鱼是普罗达普最乐意做的事情，这样就能让他的时间在不经意间马上过去。他基本上每天下午都会拿着一根钓鱼竿，在他那个固定的位置上出现，坐在河边打发时间。

普罗达普也想有一个伙伴能够陪在自己身边，对于钓鱼这项工作来说，素芭这个说不了话的哑女，确实是最适合不过的伙伴了。因此普罗达普非常喜欢素芭，还亲热地叫她"素"。当普罗达普钓鱼时，素芭就在他附近的一棵树下安静地坐着，和他一起看着水面，帮忙调配普罗达普带过来的枸酱汁。

素芭待在河边陪普罗达普，帮着他做些简单的事，并不是因为自己的兴趣或是同情，仅仅是要向他证明：并不能因为她是哑巴就认为她没有任何用处。但是事实上这里真的也没什么事情是需要做的，只需要一点点的时间就能做完了。

于是，她就默默地在心里向上帝请求，期望上帝能够赐予她一些奇异的力量，让她能够制造出一些玄妙的东西，之后再见到普罗达普时，他应该就会非常惊讶地说："啊！原来我们亲爱的素是如此的有能力。"

让我们发挥一下想象，水神的公主如果是素芭，她就会从水下把一颗宝石带到河岸边。当普罗达普见到这么漂亮的宝石，那无聊的钓鱼工作就会被他马上放弃掉，丢掉鱼竿，拿着宝石跳到河里去寻找水神的宝殿。等他找到之后，他就会无比惊奇地发现：上帝哪！这宝殿里的公主竟然是我们亲爱的素芭。

但是素芭只是巴尼康托家的一个不能说话的哑巴，她没有办法能让这个贡赛家里的小男孩普罗达普对她另眼相看。

四

时间如同小河的流水一样慢慢地流逝，随着素芭去河边的次数越来越多，她渐渐长大了，成了一个美丽的姑娘。尽管她仍然说不了话，可是她似乎在这一刻感觉到了自己的存在。她感受到有一种巨大的意识向她的内心涌来，就如同月圆时那汹涌的潮水。可是在她细细体味之后，却没能明白这到底是什么，不清楚自己到底希望得到什么。

这一天晚上，一轮圆月爬上了夜空，但素芭却难以入睡。她把卧室的门小心地打开，露出自己的脑袋紧张地看向外面。这个时候的月亮恰好是这一个月里面最圆的时候，但是这么美丽的月亮，在素芭看来却是那么的孤单。她静静地在这宁静的大自然中站立，感到自己已经没有办法承受这种满含着如此多忧伤，却只能压制在心中没有办法表述出来的生活状态。

这个时候，素芭的父母心里的压力也更加大了。村子里的人也都在议论，甚至还有人声称要把素芭从这个村子里驱逐出去。或许是巴尼康托家太富有了，因此引来了太多人的敌视。

于是，素芭的父母在反复思考之后，父亲巴尼康托离开村庄去了外地一趟。在他回到村庄的时候，他在家里宣布："离开吧，我们到加尔各答去。"接着全家人都开始整理行李准备离开。素芭很想知道为什么要离开这里去加尔各答。

可是父母由头到尾都没有说一句话。这些使素芭感到十分害怕，常常泪流满面。她每天静静地随着父母一起忙碌着，用渴求的目光看着他们，想从中获得一些信息，可是对于她的目光父母好像没有看到。

这天下午,素芭又和平常一样去了小河边。恰好普罗达普也出现在了他的工作岗位上,他对素芭笑着说道:"素,我听别人说你的家人已经为你找好婆家了。你嫁人以后可不要把我们忘了啊!"说完,他就一心一意地开始了他今天的工作。

素芭听了他的话后,感觉自己被伤害了,她紧张地看着普罗达普,就像是要对他说:"我有什么地方得罪你了吗?你难道这么想要我离开这里吗?"

素芭没有和平常一样坐到树下,而是在原地站了一下午就跑回了家。她呆呆地走到父亲面前,看着父亲开始哭了起来。巴尼康托也知道小女儿不愿离开,但是他也不知道该如何向女儿说明这一切,于是他也哭了。

父母的这个决定是没有办法改变的。因此素芭只能去和她的朋友们告别。她最后一次为两头牛加满了干草,然后抱着它们的脖子,深情地注视着它们,好像有千言万语,最终所有的话都化成了眼泪,不断地从眼里流了出来。

又是一个月圆之夜,素芭辗转反侧无法入睡,她起床从屋里走了出去,来到了那条伴随着她成长的小河边。她张开双臂扑到河边的草地上面,双手把地上的草紧紧地抓着,就好像希望大地开口将她留下,想要大地能够把她紧紧地抱住,不让她走。但是大地总是这么沉默,就好像是它对此也无可奈何。

过了没多久,素芭的父母还是把她带到了加尔各答。这天,在他们住的地方,母亲为素芭扎起了辫子,还把彩色的丝带系在了上面,之后又让她戴上了首饰。所有的这些都让素芭觉是这好像是不幸的预兆,于是她又流泪了。她流眼泪的次数太多了,母亲并没有因此就照顾她的感受,反而大声地责骂她,说她这样会使眼睛肿起来的,她的眼泪也就流得更多。

一会儿之后,新郎就在一个朋友的陪伴下来到素芭的住处。素芭的父母马上就开始忙了起来,并且匆匆忙忙地准备即将发生的事情。在素芭离开房子前,父母又在那里对着她大喊大叫,要她不要哭了,但是忘了这反而会让她哭得更厉害,她带着眼泪离开了。

新郎过来了,他仔细地打量着素芭,就好像是神来选择自己的贡品一样,素芭的父母紧张到了极点,差点晕了过去。

新郎看到素芭满脸的泪水,觉得她应该是个好心的姑娘,他很看重一颗这样的心,而且这颗心是因为要离开父母而感到难受,也许在以后也会有好处。就这样,她的眼泪反而赢得了新郎的喜爱,新郎跟她父母说:"我很满意。"素芭的父母感到很高兴,嘴里还不停地念叨着感谢神的话。

他们挑选了一个黄道吉日,为这对新人举行婚礼。素芭的父母把她嫁给新郎之后就马上回到以前的村子里去了。他们觉得自己的女儿应该得到了幸福。

新郎在国外工作，所以把素芭也带了过去，结婚没多久，大家都知道她原来是个哑巴。她只能通过眼睛来告诉大家一切，但是没有人能懂得她的意思，她只能呆呆地盯着别人，连那双眼睛也不会讲话了。

她非常想念那个熟悉的村庄，还有那些懂自己的人，但是他们离自己实在太远了，她只能在沉默中哭着，最后连哭都没有声音了。

慢慢地，她的丈夫开始讨厌她，不过也不能说她没有一点作用，毕竟，她让她丈夫明白了，以后选妻子的时候，要看她会不会说话，而且这个"以后"即将成为现在了。

10　履行诺言

一

在村子里,最受娇惯的孩子非罗希克莫属了,他的哥哥邦什博栋宠爱他甚至到了娇纵溺爱的地步,这种宠爱,就算是一般母亲对自己的孩子都做不到。罗希克还在读书,邦什博栋非常在意他的弟弟,只要罗希克放学回家迟了一会儿,他就会放下手里的活,去寻找罗希克,问他为什么会回来迟了。罗希克的食量很大,倘若他没有把饭吃饱,邦什博栋是不会去吃的,因此他每次吃饭都要等到弟弟吃饱了之后。并且如果罗希克有什么头疼脑热的,每次他都会急得直流泪,飞奔着去把最厉害的医生请来。

罗希克和邦什博栋之间整整相差了十六个年头,刚开始他的母亲给邦什博栋也生了几个弟弟妹妹,不过除了罗希克都由于一些意外而没能活下来。当罗希克一岁时,母亲因病逝世了。罗希克三岁时,父亲也跟着去世了。因此照顾罗希克的重担就落在了邦什博栋的肩上,在这个世上他的亲人就只有罗希克了,而且是在连续失去了好几个弟弟妹妹之后唯一活下来的，因此邦什博栋非常地溺爱他。

邦什博栋的工作是一名织布工匠，他织布时使用的是手工织布机。他的家庭一度十分富有，在手工织布机的鼎盛时期，邦什博栋家是很有钱的。他的曾祖父奥毗拉摩·博沙克靠这种手艺曾在村子里修建了一座庙宇，直到现在黑天的像还被供奉在那座庙里。不过，当机器织布这项技术在这个国家出现的时候，继续用手工织布就显得势单力薄了。试想一下，能使用这样既科技又简便还速度快的机器，还会有哪个人使用手工织布机呢？就这样，机器织布的逐渐兴盛使那些依靠手工织布谋生的人体验到了饥饿以及愤怒！

不过有着很多年历史的手工织布，并没有因为机器织布时代的到来就这样消亡，它没有放弃，它仍然在抗争，纱线在它的使用下仍旧发出笃哒笃哒的声音，只是它那陈旧的织布方式已经得不到人们的喜爱了；因为他们察觉，机器织的布比手工织的更加整齐漂亮，并且更加节省时间！

但是，当织布工匠们将要全部失去工作时，邦什博栋的买卖却依旧非常好，原因是他拥有一个很有优势的筹码，对于手工织布他非常擅长，他织出的布料比其他织布匠织出来的都要更加漂亮，因此一些塔纳戈尔的官员和有钱人都喜欢光顾他的生意，邦什博栋一次也没有由于机器织布的到来而遭到他们的放弃。他们家里的那些精致华美的布料全是邦什博栋织出来的,他们都很满意,但是邦什博栋真的有点忙不过来,就请了几个伙计帮忙。

邦什博栋还是单身,尽管在他们的那个生活圈子,如果想要讨一个老婆,要给非常多卢比作聘礼,不过以邦什博栋的努力,勤奋做几年工作的话,还是可以结婚生孩子的。但是他没有那么做,他认为自己弟弟的生活还需要他来操心。

邦什博栋对他的罗希克弟弟非常好,罗希克身上的衣服全部都是他做出来的最好看最华丽的样式,每次杜尔迦大祭节的时候,去加尔各答走一圈是他固定的行程,为罗希克增添一些华美的衣服,这些衣服精致美丽,上面有着好看的图案,就和来回演出的剧团里王子的饰演者的衣服差不了多少,甚至比王子的衣服还好。邦什博栋还经常给罗希克购买一些他认为派得上用场而罗希克一点也不想要的东西。以至于他自己就只能很节省地过日子了,但是他从不曾因此后悔,因为他所做的这些事情都是为了他的弟弟罗希克。

当罗希克还非常小的时候,邦什博栋想到过传宗接代的问题,就悄悄地给自己物色了一个门户相当的女孩,想着等攒够了300卢比的聘礼,再加上购买首饰的100卢比之后,就能娶她进门了!他把这件事情想清楚了之后,就开始攒钱了。首先就是把自己的生活开支降低,因为他并没有多少钱,但是留给他存钱的时间是很充裕的,因为那个女孩现在还只有四岁,从此刻着手估计四五年的时间就够了。

但是,倘若他没有弟弟的话,也许继续这样的日子大概五年之后,他就能存够钱,之后就能结婚,然后就会有一个快乐而简单的生活。只不过在他的生命中,他存下的那些钱肯定要成为罗希克关注窥视的东西。

邦什博栋的弟弟罗希克,他每天在村子里到处玩耍。在年龄差不多的孩子中间,他是他们的老大,原因是他在非常快乐的环境中长大,他的哥哥邦什博栋非常溺爱他,这些让他想要什么就有什么。在孩子们看来,罗希克有一种非常大的诱惑力,原因是他事事如意,他总能心想事成,而那些孩子,没有他这么自在快乐,靠近罗希克让孩子们觉得像是获得了自己以前没有办法得到的东西。孩子们与罗希克在一起玩,在与他的来往中能够感受到自己的愿望得到了实现,因为他是如此完美快乐的男孩。

如果你们以为吸引村子里孩子们的注意力的是罗希克华美的着装的话,那么就彻底的错了。原因是罗希克的头脑非常灵敏,尽管他对书本上的知识没有多大兴趣,但他在许多地方都显现出一种让人惊讶的才能,但凡是引起他兴趣的东西,他都会去学,所有他见到的东西,他都晓得做,因此即使是家庭条件比他好的那些孩子,也非常崇拜他。

由于他具有这样的才干,孩子们非常喜爱他,常常请求罗希克帮忙做一些东西。不单只是孩子们,连孩子们的父母,有琢磨不明白的东西时也会去请教他。但是罗希克有个毛病,那就是不管他做任何事,他都不会保有太长时间的兴趣,也正是我们经常讲的三分钟热度。他在初步开始学习的时候,是兴致盎然的,不过一旦他学会了这些技术之后,就会感觉无趣。在他感觉到无趣时,一旦有谁称赞他的技术,他就会感觉非常不高兴。

举个例子,在某一年的灯火节,某些有钱人从加尔各答雇佣了几个做烟花爆竹的人,烟花爆竹引起了罗希克的兴趣,他想尽各种办法从他们那掌握了制造烟花爆竹的技术。这样得到好处的不仅仅只有他,因为在之后有两年的杜尔迦大祭节,烟花爆竹都是由罗希克制作,并给村子里的人们观看。但是也只是制作了两年,在第三年就没有烟花爆竹可供观赏了,而且今后也没有机会再次看到。

因为罗希克改变了兴趣,他被一个年轻的乐师所吸引,那个乐师的身上穿着一件大黑袍子,脖子上还戴着奖章,看上去非常帅。罗希克对乐器产生了很大兴趣,接着他开始仿照乐师的模样,手里拿着手风琴,练习着弹奏一些民间歌曲,他上手很快。

不能否认的是,罗希克在有些方面确实天赋异禀,但是遗憾的是他对每样事物的兴趣保持的时间太短,因此他有的时候会获得成效,有的时候也会什么都学不到。起初引起人们注意的也正是罗希克的这种怪癖,而他的哥哥邦什博栋就更没必要讲了,他的哥哥是这么地疼爱他,当然察觉到了他的不同。他常常想:"罗希克是那么地与众不同啊!与其他孩子相比他要更加聪明,我必须要把他抚育成材,光耀门楣!"

每当邦什博栋想到这里时,他就会控制不住地流泪。有时他又担心弟弟不能活得比他更久,他无法承受这种苦痛,因此他时常来到黑天神像的面前,跪着祈求道:"请神灵让我在弟弟的前面死去吧!"

罗希克的兴趣非常多,每当他对某样东西表示出兴趣时,邦什博栋常常会尽一切力量满足他,例如为他购买制作烟花的材料,还有像乐器这类的物件。如此一来,本来邦什博栋计划的结婚日期,只能往后推延,因为罗希克他没有办法再把钱存下来。

随着时间的流逝,邦什博栋的年龄已经30多岁,可是连100卢比他都没有能够存下来,因为钱都用来为罗希克购置那些花费巨大的东西了。以前计划中他选择的那个姑娘,已经被外地的一户富有人家娶走了。见到那个姑娘已嫁作人妇,邦什博栋自暴自弃地想:

罢了，我中意的女孩都已经结婚了，我再不也不会有什么别的想法了，我的希望是罗希克，他应该为家族延续下一代。

至于罗希克的婚事，假如说这个时代选择丈夫的权利在村子里的姑娘手上，那么邦什博栋没有任何必要为罗希克结婚的事情烦恼，因为罗希克是一个非常受喜爱的男孩，村里的女孩，比如碧图、达拉、诺妮、绍希、苏塔——不管是哪个姑娘，毫无疑问都十分喜爱罗希克。

再举个例子，之前有一阵子，罗希克很喜欢捏泥人，他捏出的泥人就像真人一样，他捏的泥人受到了姑娘们的热捧，为抢泥人她们还曾经出现过争抢。在她们中间，有一个名叫绍罗碧的姑娘，她看上去非常美丽，有着温婉、乖巧的性格。在罗希克制作泥人之时，她会安静地待在旁边用仰慕和敬佩的目光注视着，每当罗希克要用到什么的时候，绍罗碧就会急忙把他要用的东西拿过去给他，她从罗希克那里能够感受到自己的存在，这是因为罗希克时常需要她的帮忙，更重要的是她从不吵闹。渐渐地，绍罗碧对罗希克就非常熟悉了，她知道罗希克喜好吃枸酱叶，因此当他在做事情的时候，她会把家里鲜嫩的枸酱叶带过来给他吃。

罗希克也同样认为绍罗碧对自己的意义跟别人是不一样的，因此每次他做好泥人之后，常常会把所有的泥人都放在她前面，笑着跟她讲："绍罗碧,你随意拿一个。"绍罗碧一脸红霞地望着摆在她面前的泥人,说实话她非常想要选择一个,不过她过于害羞了,因为害羞,她没有选择任何一个泥人。罗希克发现了她的腼腆,有一点厌烦,接着就把一个做得最合自己心意的泥人拿给了她。但是,我们在之前就讲过,罗希克的兴趣非常短,他很快就失去了对捏泥人的兴趣,罗希克开始对手风琴兴起了非常大的兴趣,而且他在很短的时间内就拥有了一把属于他的手风琴。这东西,村子里的孩子以前从来没有看见过,都希望能弹一弹手风琴,这时罗希克老是会气愤地朝他们大喊,把他们赶走。但是对绍罗碧,他却是非常喜欢的,绍罗碧的模样很招人喜欢,并且性格也非常好。她喜欢在身上穿条格纱丽,在那个时候,只有一些大户人家才能承担得起穿纱丽的费用。罗希克演奏时,她就安静地待在旁边,用左手撑着头,睁着眼睛惊奇地注视着他。罗希克演奏到半路,常常会朝她大声地说:"绍罗碧,你也来弹一下!"

但是绍罗碧仍然非常害羞,她仅仅是笑着摆了摆头,害怕走过去,因此罗希克没有任何顾忌地拽着她的手强行让她去按琴键。

不只是女生喜欢罗希克,就连戈巴尔——绍罗碧的哥哥,对罗希克的才能也十分欣赏。他非常羡慕罗希克,但是与那些女孩子不一样的是,那些女孩喜欢什么东西,就会去问别人要。而对于他喜欢的东西,他更愿意自己亲自去做,假如失败了的话,他的心里就会很不安。每当戈巴尔见到什么东西,他都想自己也能拥有,罗希克认为戈巴尔的这种性格是非常任性的,不过由于戈巴尔是绍罗碧的哥哥,他对戈巴尔的感觉很好。

见到罗希克和绍罗碧这两个人之间的互动,邦什博栋已经下定决心,他要让罗希克与绍罗碧结婚,但是绍罗碧家非常富有,如果要和绍罗碧结婚的话,最少也要有 500 卢比的聘礼。

二

在邦什博栋与罗希克共同生活的这么多年里,邦什博栋一次也没有要罗希克做过织布这种活。罗希克喜欢做的那些事情,全部是一些只会取悦别人而没有任何实际用处的东西。邦什博栋却不这样认为,他依然认为罗希克是他的骄傲。

不过罗希克非常不理解哥哥怎么能天天这样辛苦地织布,在他看来,天天做同样的事情简直是一种酷刑。

为了让罗希克得到他想要的东西,邦什博栋没有办法,只能尽量减少自己的开销,罗希克却因为哥哥的这种小气行为觉得羞耻。自从他记事后,他从来没有思考过他日常的花费是怎么来的,他总是认为自己是上层社会的人,与他哥哥是两个社会的人。他的哥哥邦什博栋对于他这种奇怪的想法选择了放纵和无视。

　　邦什博栋没有了为自己娶妻的想法,却想着让罗希克结婚,只不过他非常担忧,因为直到现在,他的存钱计划都没能实现。他已经忍受不了了,他一定要见到罗希克结婚,就像画饼充饥一样。以至于他做的梦都是罗希克娶妻时的喧闹情景,处处人头攒动,热闹非凡,还有正在等待着美丽新娘的身着新郎装的罗希克。

　　想法总归是想法,他的钱仍然没有攒下来,他感觉自己已经没有用了,如此努力地工作,钱却越来越少。他因为太过疲劳而病倒过许多次,病好了之后他又马上开始工作,过不了多久,他又再一次生病。如此反复,身体状况越来越差。

　　在静谧的深夜,村子里的人都进入了梦乡,只能听到山上豺狼嗥叫的声音。这样的深夜,邦什博栋依然在努力地劳作,在昏暗的油灯下,织布机机械地"笃哒笃哒"地响着,已经不知道他这样整夜整夜的工作了多少天了。他的身体变得越来越虚弱,他唯一的家人也不会过来阻止他这种拼命的行为。他吃的也是一些没有营养的东西,渐渐地,他的脸色就变得非常不好。邦什博栋对自己真的非常小气,他仅有的能够抵挡严寒的衣服已经非常破了,但是他还是不愿意把它丢掉,每当天气很冷的时候,他就冻得瑟瑟发抖。这几年冬天,他总是在为罗希克购置了非常贵的衣服之后,就自我安慰道:"今年冬天就这样吧,等明年的钱存得再多一点儿,再为自己买新衣服吧。"

他经常这样自我安慰,但是他的身体却已经无法支撑了,他觉得自己就要没有办法工作下去了。终于有一天他对罗希克说:"我的身体已经不允许我继续一个人织布了,你过来帮我吧。"罗希克听后沉默不语,只是他的脸色很不好看。邦什博栋见到他这个样子,发了火,责骂他:"如果你连祖上传下的技术都不学,每天游手好闲,将来你独自一个人怎么过啊?"

这些是有一定道理的,也算不上刻薄,但是从小在溺爱中长大的罗希克却受不了这样的斥责。他生气地跑了出去,邦什博栋没能拉住他。

罗希克跑去钓鱼,在水流湍急的河边,他非常生气,钓了好久都没能钓到鱼。他跑出来的时候没有吃任何食物,冬天的中午,工作了半天的人们都回去吃饭了,河边变得非常冷清,有一只鸽子在罗希克身后芒果园的树枝上,不时地叫着,这让他感觉更加烦躁。没事做的戈巴尔待在他的身旁,一起看着河边的景色,一只蜻蜓停在河边的水草上,在阳光下,它的翅膀显得非常的透明漂亮。本来之前罗希克答应了要告诉戈巴尔玩棍棒的,不过他现在没那个心情教他了。觉得没事做的戈巴尔从瓦罐里拿出一条蚯蚓,跑去吓唬绍罗碧时,被罗希克很凶地扇了一巴掌。绍罗碧待在河边的草地上等着罗希克向她要枸酱叶吃。到了中午的这个时候,罗希克感觉饿了,接着他说:"绍罗碧,你能帮拿些吃的来吗?"

绍罗碧听了之后很高兴,她一直在等着呢!接着她就急忙地跑回家里弄了些炒米饭给罗希克。于是罗希克一天都没有与哥哥见面。

因为罗希克的不懂事,邦什博栋现在不仅是身体非常不好,他的心情也非常糟糕。他在晚上做梦的时候见到了他的父亲,梦醒后情绪更加低落。他想肯定是因为父亲忧心他们家的香火才托梦给他的。

他不再动摇了,次日,邦什博栋强迫罗希克去做织布的活儿。他认为这并不是罗希克不愿意就能够不去做的事,这关系到一个家族的延续。罗希克被强迫着开始织布,只不过织布时线头老是会断,这让他非常不习惯。因为这样,布还没织多少,接线就用了他非常多的时间,而且他的手指不灵活。但是邦什博栋认为,多做几天,这种情况就不会发生了,头一次织布都会这样的。

但是,邦什博栋这种想法是错误的。天生就非常聪明的罗希克,根本就不需要和别人一样,通过训练来提高他手指的灵活度,他的手指之所以会不灵活,完全是因为他不愿意干这个,尤其是当他的伙伴们找他玩时,坐在那织布让他觉得更加羞耻。

邦什博栋认为有必要改善一下自己与罗希克现在的关系,接着他便通过自己的朋友告诉罗希克,说自己决定让他娶绍罗碧。邦什博栋想,罗希克一定会非常欢喜的,如果他知道了这个事,他们之间的关系也会得到改善。但是,罗希克并没有像他哥哥所想的那样高兴,他想:如果哥哥以为我娶了绍罗碧,我就会满意了,那他就想错了。

罗希克不愿意按照哥哥的想法去做,他有自己的意愿。于是他对绍罗碧这个小姑娘的态度跟从前完全不一样了,由于罗希克态度的改变,这个讨人喜欢的姑娘再也不能给罗希克枸酱叶吃了。罗希克开始不和她说话,看见她就躲开她,处处躲避她,这些让绍罗碧觉得很伤心。当她一个人在家的时候,只要一想到罗希克,就会非常伤心。

再也听不到罗希克弹奏手风琴的声音了。绍罗碧不明白罗希克的想法,这些让她非常绝望,她的整个世界都崩塌了。

突然间,罗希克觉得自己不再是小孩子了,但是这个村子是如此的小,直到现在,只要他想,他就能够一个人霸占村里的树丛、小河、渡口、沼泽等所有地方。有的时候他只愿意独自一个人,有时候也会跟他的伙伴们一起,他可以无所顾忌地到处玩。

当他还是小孩子的时候,以为这个他生活的村庄就是整个世界,但是现在他知道了在村子以外还有更加广阔的世界,这个村庄对他来说太小了,已经装不下他想自由飞翔的心了。

三

有一天,他发现了一辆自行车,是村里的一户有钱人家买给他们的孩子的,当那个男孩正在不太熟练地练习时,罗希克向他借了骑,他是这么聪明,很快他就能把自行车骑得很好了。他骑着车到了非常远的地方,他感觉自己像是在飞翔,风在为他伴舞。

他非常喜欢骑车的这种感觉,他认为骑着自行车能够很快到达任何他想去的地方。甚至他觉得,自行车有着能让自己的愿望实现的魔力。

罗希克把自行车还了之后,他也想要拥有一辆属于自己的自行车,甚至他觉得假如他这一辈子如果没能拥有一辆自行车,那他就算是在这世上白活了。而且,在他看来125卢比也不是太贵,只需要付出125卢比就能够拥有自由,那是非常值得的!

罗希克没有钱,只能向哥哥借钱,他考虑了很长的时间,因为他之前发过誓再也不跟哥哥开口要什么东西了,只不过如今他想拥有一辆自行车的愿望是如此的强烈,他只能违背自己的誓言了,于是他对他哥哥说:"借给我125卢比。"

听到罗希克跟他说话,邦什博栋非常高兴,因他已经很长一段时间没有听到罗希克说话和索要过任何东西,弟弟的这种行为让他宁愿自己生病。因此此时他感觉很开心,他心想:我再也不要抠着钱过日子,再也不要过这样日子了! 我要给予他想要的所有东西! 他已经很久没有和我说话啦! 但是他又想:如果罗希克把钱拿走了,要怎么延续香火呢? 他虽然是说借,但是 125 个卢比啊! 他还得起吗? 否则,他一定会借给他的。

邦什博栋板着脸狠心对罗希克说道:"我没有 125 卢比,我也弄不了这么多钱来。"

本来满怀希望的罗希克听了后很生气。之后,他对他的伙伴说:"我是绝对不会成家的,如果没有 125 卢比。"

邦什博栋觉得无法理喻,因为一直来的习俗都是只要为新娘准备聘礼,从没有新郎也需要聘礼的。

罗希克非常恨他哥哥,他不再做织布的活儿了。当有人问他为什么不干活时,他就回答说自己身体不舒服,但是很显然他的脸色非常好,看不出一点不好的地方。

邦什博栋只能伤心地自我安慰:"罢了,我再也不会要他干活了。"只是他仍然非常的愤怒,接着就开始糟蹋自己。有一年,因为全国抵制洋货的行动,手织布的价钱比之前贵了许多倍,就连那些本来已经放弃了手工织布的织布匠,也都重新开始了手工织布。邦

什博栋更加不知疲倦地干活,织布机织布的声音从来没有停过,如果没有织布机的工作声响,他就会感到焦躁。

他想去挣很多的钱,他觉得,假如罗希克能够帮忙的话,那他半年就能挣到两年时间才能挣到的钱,那他就能买一辆自行车给罗希克了。但是罗希克却没有给哥哥帮一点儿忙,可怜的邦什博栋不得不拖着带病的身子昏天暗地地干活。

到最后,邦什博栋的双手都快失去知觉了,长期不停地工作让他的手酸麻得不听使唤,有时候感觉那手都不是自己的了,因为工作时很长时间都没有动弹,他的背好像裂开了口子一样痛。但就算是这样,罗希克还是不会待在家里,他一直在外边玩耍。

一天晚上,邦什博栋正在织布机前拼命地干活,但是织布机又出了问题,无法使用,他不得不停下来去修理它。他的心里非常着急,因为他觉得时间在一分一秒地被浪费掉。

就在那时,一阵悠扬的手风琴声传了进来,他听得出那是弟弟罗希克在弹奏民间乐曲,他已经很久没有听到这样美妙的声音了。

以前的他常常一边织布一边听弟弟的弹奏,但是现在的他很暴躁,已经没有那种雅兴了。于是他放下手中的活,走到门口看看,他发现弟弟正在一个陌生人的面前为那人演奏手风琴,他顿时火气就冒上来,抱怨了他几句,没想到弟弟反唇相讥说:"我不会再吃你做的饭了！我要依靠自己的力量活下去！"

邦什博栋感到很气愤，浑身发抖，他说："吹牛是不能当饭吃的，你现在有什么能耐我很清楚！你一心想做个有钱的老爷，都是些不靠谱的鬼点子，只想着弹琴，那有什么用呢，连最起码的生计都无法保证。"说完这些话以后，他的心情更差了，走进屋子里躺着睡觉，他的身体已经不允许他做任何事情了。

但是他不了解事实，刚刚弟弟是在给一个马戏团的团长演奏曲子，因为有个马戏团会来塔纳戈尔表演，罗希克知道后就想去那找点事做，于是他把自己能演奏的曲子给团长展示一遍，让他看看自己的能力。

在以前，邦什博栋是从不会这样和弟弟讲话的，后来邦什博栋自己想起这个事情都觉得很后悔，因为自己竟然对弟弟说这么伤人的话。事情发生后，他非常讨厌那笔钱，就是因为这个事才让自己和弟弟之间的关系闹僵，他决定放弃存那笔钱了。因为自己存了这么久，却没有得到任何的快乐。

他觉得这笔钱应当交给最需要它的人。罗希克可是他最亲的人了，他躺在床上时会想着过去，很多记忆中的画面开始一一浮现在眼前。在罗希克还很小的时候，他还不能很清晰地叫他"哥哥"，还只能咿咿呀呀地讲一些自己也听不懂的话，他那时候喜欢用自己那胖乎乎的小手去抓织布机上的线。当时邦什博栋还要做事,就不得不抱起他,于是弟弟又会在他的怀里抓邦什博栋那一头乱蓬蓬的头发。小时候的罗希克非常的俏皮可爱,他还喜欢用那没长牙齿的嘴去咬邦什博栋的鼻子或嘴巴。邦什博栋将这些往事一一回想了一遍,更加伤心,因为那时候的弟弟和现在比起来简直是两个样,那时的他是这么可爱!

他在屋内呼唤了几声弟弟,但是没有得到任何答复,此时他的嗓子都快哑得不能说话了。他只能拖着重病的身子去屋外看看情况,外边暮色已经覆盖一切,他看到罗希克正一个人坐在门边的台阶上,手风琴摆在身边,他用手支着下巴,好像在那思考什么。邦什博栋掏出钱袋,朝着他慢慢地走了过去,用一种带着哭腔的语调说:"你拿这些钱去买辆自行车吧,不要生气了,我这些钱都是为你准备的,现在你需要的话,你就拿走吧!希望你能开心一点!"

但是弟弟的反应完全出乎他的意料,没有出现感人的一幕,反而看到罗希克非常气愤地站起来,跟他一字一字地讲:"我自己会买自行车,我也会自己娶媳妇,只是请你清楚,我不会再花你一分钱,我会用自己的钱去办好这一切。"

他一说完就不再理会哥哥的反应,匆匆忙忙地跑开了。邦什博栋从弟弟那坚定的态度中明白了,他俩算是彻底决裂了。不可能再讨论关于钱的问题,而其他的一些问题,估计也不会有讨论的机会了。

<h1 style="text-align:center">四</h1>

戈巴尔一个人去河边钓鱼去了,他现在也和以前不一样了,以前他常常会叫上罗希克一起去钓鱼,但是最近罗希克总是对他不冷不热的,他觉得自己受了委屈,得给罗希克一点惩罚作为提示。同时现在绍罗碧也和他彻底决裂了,她也不想再见到他,还常常躲着他。她不明白罗希克怎么会变成这个样子,她也没有得到罗希克的解释,所以她只能够默默地流泪面对这一切。

这天中午的时候,罗希克去了一趟戈巴尔的家里,戈巴尔满脸不悦地看着他。但是罗希克却像以前那样和他亲近,还很亲热地揪着他的耳朵问东问西的,见戈巴尔都不想理他,罗希克就挠他胳肢窝,刚开始戈巴尔还是很冷漠,心想这个人怎么这么善变呢,在前几天还对自己不理不睬的,没几天就来捉弄自己。戈巴尔看到他那嬉皮笑脸的样子,感到非常反感,但是没有坚持多久就投降了,因为他还是很喜欢罗希克这个人的,于是他们又嘻嘻哈哈地玩在一起了。

罗希克对戈巴尔说:"你想要我的手风琴吗?"

戈巴尔感到很奇怪,他没想到他会说这样的话!那把手风琴其实自己很喜欢,假如罗希克真把它送给自己的话,那可真是件贵重的礼物啊！怎么会有这么好的事降临在自己头上啊！难道罗希克发生了什么事吗？他为什么要把这贵重的手风琴送给自己呢？不过戈巴尔实在抵抗不了那手风琴的诱惑，他马上就回答说自己想要。于是，罗希克就把那手风琴送给了戈巴尔。

戈巴尔拿到这个手风琴之后，就向它的原主人发誓说会好好保管它，只是如果罗希克还想要回去的话，那就门都没有。

罗希克朝周边看了下，没有看到绍罗碧的影子，他觉得自己已经有很久没有见到她了，于是他问戈巴尔："你妹妹呢？最近怎么没看到她啊？你去把她叫来玩吧。"

戈巴尔点了点头，去里面叫她，没多久他就一个人回来了，他说："绍罗碧现在没时间见你，她在那干活。"

罗希克明白她是在生自己的气，所以就说道："走，我们一起去看看绍罗碧在哪，看她在哪儿干活。"

这时戈巴尔和罗希克一起走到院子里面，罗希克看到绍罗碧根本就没有在那干活，她正面对着牛棚站着，肩膀一直在那抽抽搭搭的，罗希克走了过去轻轻地问道："绍罗碧，你是不是生我的气了？"

绍罗碧没有回答，罗希克就用手抓住她的手臂，绍罗碧很生气地将他的手甩掉，仍然站在那一动不动，没有转过身来。

记得在很久以前，罗希克有段时间迷上了绣在被子面上的花，姑娘们绣花一般都是参考那些老人家们留下的花样,但是罗希克从来不看那些东西,他自己的脑袋里总是能蹦出许多的新想法来,他就是靠自己的想象力绣花。当然绍罗碧也懂得绣,但是她绣出来的东西很普通。所以罗希克在绣花的时候,她总是在一旁安静地看着,充满了惊奇,她很崇拜罗希克,她不知道罗希克的脑袋里怎么装了这么多有趣的东西,她甚至觉得他绣的被子面在这个世界上无人能比。可惜的是,罗希克总是那三分钟热度的性格,他在兴趣消失之后就不再绣了,而且他还差一点点就能绣好一个完整的被面,只要他再坐着认真地绣几个小时就好了,但是他已经对绣花感到厌恶了,所以他甚至都懒得去碰一下那个被面。尽管绍罗碧一直求着他完成那副绣作,他还是无动于衷。而且他的脾气很固执。虽然过去了这么久,但是就在前一天的半夜,罗希克起身把那个被面绣好了。

所以这时候,罗希克轻轻地跟她说:"绍罗碧,昨晚我将那幅被面绣完了,现在我就把它送给你,你看看怎么样吧。"

绍罗碧一声不吭,一直在摇着头,之后他又说了一大堆好听的话,绍罗碧才转过身来,但是她用纱丽把脸遮住了一半,他知道她是在那哭泣,所以不好意思让人看到她的脸和那带着泪水的眼睛。

罗希克的举动给绍罗碧带来了很大的伤害,但是他花了很多的心思和时间来弥补,最后他俩又和好如初了,并且感情也更加深厚。

罗希克天天都会吃到绍罗碧从家里带来的枸酱叶,绍罗碧还帮助罗希克把那绣好的被面晒在他家的院子里,非常好看,好看到让绍罗碧就要落泪了。

这时,罗希克跟她说:"绍罗碧,这是我特意为你绣的,我希望你能喜欢。"但是绍罗碧怎么也不肯收。她觉得这花了罗希克太多的心血,它太珍贵了。

她和她哥哥一点都不一样,她从来不会向人们索要任何东西,就算是别人的赠予。于是戈巴尔把这个妹妹好好地教训了一顿,说别人送给你的礼物,你应该欣然接受并珍惜它,没必要这么虚伪。戈巴尔觉得一个人拒绝接受自己心爱的物品是一种虚伪的表现,但是绍罗碧怎么也接受不了。于是戈巴尔对她失去了耐心,他自己去把被面整理好,拿回了家里。

他们几个能够和好如初是多么快乐的事情啊!这是他们一直期盼的,当时罗希克对他们的态度就像是坚冰一样,现在总算融化了。

罗希克虽然和朋友们和好了,但是他还是不回家,没有去见哥哥,他还在和哥哥赌气。

到了第二天的早上,邦什博栋家的用人来问邦什博栋今天吃什么。

邦什博栋当时很虚弱,他有气无力地回答说:"我什么都不想吃,你去找罗希克吧,看他想吃什么。"

刚好,这个女佣在回来的路上碰到了罗希克,她友好地问他怎么不回家,他说自己有地方吃饭。女佣把他的话又讲给他哥哥邦什博栋听,邦什博栋微微地叹了口气,他为这已经破裂而无法修补好的感情感到无奈且痛心,他又昏沉沉地睡了。

邦什博栋睡了差不多一整天,当一天过去之后,他还不知道,就在那天晚上,罗希克离开了这个村子,他跟着那流动表演的马戏团一起走了,罗希克一直在盼望着这一天的到来。

在冬天的寒夜里,天边挂着一轮冷幽幽的新月,街道上没有一个人影,这时候所有的人都睡觉了。他想,自己终于能离开这里了。他们在那林间小道上慢慢地走着,那里的雾气很重,他还看到在远处有些人影一闪一闪地走着,那些应该是住在很远的地方的人在赶路吧。他还看到有两头牛在那慢慢地迈着步子,后面套了一辆牛车,上面还坐着一个赶车人,他将自己用棉大衣裹得严严实实的,一副迷迷糊糊的样子,好像要睡着一样,但还是得赶着牛。

他朝远处一看,发现黑夜已包围一切,远处村子里很多人家的牛棚里不断地散发出浓烟,他知道那是有些人家在烧干草。罗希克就这样慢慢地走着,一直到自己看不到那个村子,还有那片高大的树林都开始模糊起来。他的心里有一种离愁开始萦绕,难以挥散开来,这时他如果选择回家,还来得及,但是他没有这么做,他自己发誓要去闯一片属于自己的天地。

他想:我现在没有什么能力,还要靠哥哥来养活自己,不管如何我都感到羞耻,我一定要自己赚大钱,去买自行车,去娶绍罗碧为妻。

他坚决地朝前走着,离开了家乡熟悉的河流,离开那蛙声阵阵的池塘,离开那洋溢着野花香味的原野,他把这些抛得远远的。此时的他就像是一头脱缰的小马,朝着那个陌生而新鲜的世界狂奔,就算他自己无法预料未来会如何,还是那么的向往。

五

罗希克在以前一直很反感哥哥为自己安排这安排那,他不想做哥哥安排的织布工作,他觉得那非常无趣,那时他觉得任何一件工作都要比织布好玩。他是这样想的,以为自己一旦离开了那个村子,来到这个广阔的世界里,他就会自由自在地过自己想要的日子,所以他义无反顾地和马戏团一起离开了家乡的小村庄,就算有一点点的不舍,也马上被那种激动的心情冲走了。

但是,毕竟他的年纪还太小,没有经历过什么人生的磨砺,也还没有遭受过挫折,他几乎没有考虑到自己离开后会遇到什么困难,自己又应该怎么去解决这些困难。他都没有想过,也没有想过自己通过什么样的方式来取得自己想要的成功,他没有和任何人说,就这么偷偷地离开了村子,他想要等将来自己发了财再回来,想要让整个村子的人及哥哥对自己刮目相看!

就这样,罗希克去马戏团工作了一天,他发现自己很累,并且发现自己做的工作也得不到别人的尊重。他现在明白了,自己以前做的事能够得到别人的尊敬,那是因为自己是不计报酬的,但是现在为了挣钱而干活,就算是自己劳心劳力也顶多得到几下掌声而已,并不会有人真正地关心他。罗希克现在又感到很厌倦了,以前当他做着那种不要报酬的工作时,他能够随心所欲地把工作做好,但是现在他只能听从别人的安排来做好工作。他感到很不舒服,因为没有自由可言。

罗希克以前看马戏的时候觉得很好玩,觉得那些演员都很了不起,但现在自己亲身体验这些的时候,就没有这种感觉了。罗希克对这种工作感到了厌烦,但又不得不每天都去做,时间长了之后,他就觉得在马戏团的做事是这个世界上最没意思的工作。

他觉得自己是一只被人关押在笼子里的小鸟,原本自己是非常快乐的,能够飞往更高的蓝天,但是现在却被囚禁了。在夜里,他常常梦到和哥哥在一起,还梦见家里,但是在醒了之后就发现这只不过是个梦而已,他还是待在这令人讨厌的马戏团里,而且哥哥现在也没有陪伴自己,他已经离开家很久了。

在以前,天气很冷的时候,自己在睡觉时,总是能迷迷糊糊地感觉到有人在给自己把被子盖好,还会有只手摸摸自己的额头看是不是着凉了。现在,罗希克突然感受到了哥哥的许多好,但是自己却没有好好珍惜,何必来这些地方受苦呢!

现在,晚上就是再冷,也不会有人给自己添被子了,而没有被子盖的时候,自己只能用衣服裹紧身子缩在墙角里面。

他这时开始很想念哥哥,想起哥哥为了自己都这么大了还没娶妻,他为了自己受了这么多的苦,他这次没有和哥哥说就偷偷离开了,他肯定会非常难过,肯定会四处寻找自己,他可能会更加自责,然后更加疯狂地去工作。罗希克真的很想念哥哥,他打算过一天就回家去。

但是有一个强烈的想法冒出来阻止了他,那个想法告诉他:"你当初不是说要发了财才回去的吗?你不想自己买自行车了吗?你赚够了娶老婆的钱了吗?一切都没有吧?你现在这个样子回去,就算是别人没有耻笑你,我都会瞧不起你的!"

于是他又改变了主意,他在心里暗暗发誓,说:"我一定要去赚很多的钱,然后才回去,否则我就不是男子汉罗希克!"

　　罗希克在马戏团做事的时候，有一次把音阶弹错了，被团长恶狠狠地训斥了一顿，当时团长用最恶毒的话骂他，说他是不争气的织布匠，叫他马上消失。罗希克当时气冲冲地拿上几件衣服就走了，把自己当时带去的水杯和吃饭的家伙都丢下了，两手空空地离开了那里。

　　他饿着肚子在路上游荡，一整天地瞎逛，根本不知道未来该如何走。在将近黄昏的时候，他看到河边有一群牛在吃草，它们温驯地低着头，那里有吃不完的新鲜绿草，它们不时地抬起头来高兴地叫几声，显得快乐极了。

　　罗希克非常羡慕这些牛，他看着看着就感到很伤心，他觉得："上帝为什么这么善待这些动物啊！让它们不仅有鲜嫩的草，还有这么多甜美的水，而且这些东西就摆在它们的嘴边，稍微动动脖子就行，但是对我们人类却这么残忍，在这些地方我得不到任何吃的东西。"最后，罗希克独自待在河边，用手舀了一些水喝，但是这根本就无法充饥，他站在那望着河水流过，他又觉得："这河流也多么好啊，它没有生命，既不会有饥饿口渴的感觉，也不会有我这样的担忧，它甚至没有追求，它自由自在地想去哪里就去哪里，可以去小溪，也可以去大海，总是能够找到自己安家的位置。"

　　罗希克静静地看着这些河水，他想，假如自己能够变成这河水的一部分,融入这清澈的水流之中,那自己就彻底自由了。

就在这时,一个小伙子来到他身边,他把身上背着的大包放在地上,从里边掏出一个米饭团,罗希克在以前很痛恨吃这个东西,但是此时的他却控制不住地抽动着喉结,满肚子的饥虫在蠢蠢欲动。

那个小伙子从水壶里倒了一些水放到那个米饭团里去,随便搅拌了几下就开吃了。那个小伙子的穿着很华丽,虽然他没有穿鞋子,但是从他的举止中可以看出他的出身应该是高贵的,只是罗希克不知道他为什么不穿鞋子,而且他还背着一个这么重的包裹,于是,两个人开始聊起来。

经过几轮交谈之后,罗希克知道他原来是加尔各答的一名大学生,名叫苏博特,自己开办了一家买卖手工织布的店铺。只不过现在的手工织布很少,所以他不得不去那些小镇及乡村里购买一些手工制造的布。所以罗希克才会在这个地方看到他。苏博特是个大度而有修养的人,他说自己不怕苦,不怕累,每天去那些市集上转转,看能不能买一些新的手工织品,下午就来这个地方吃饭。

听了他的故事之后,罗希克感到很羞愧,他受了启发而领悟到:"既然眼前的这个小伙子不怕苦累,那自己又有什么可怕的呢? 我不是也可以给人做背夫吗?"

当他这样想之后,顿时觉得前途一片光明,他想:我可以去做任何工作,只要能养活我自己,就算是低贱也不可怕,我不能再饿肚子了。

于是,在苏博特要走的时候,罗希克赶紧起身说:"假如您不嫌弃的话,可以要我帮您背包吗,可以吗?"

苏博特摇了摇头,他坚持说自己能背,没必要麻烦罗希克了。

这时罗希克把自己的计划说了出来,他说:"其实我就是一个织布匠的儿子,让我来帮您吧,我只有一个要求,就是您把我带到加尔各答去。"

罗希克在以前可从来没有说过这么谦逊的话,"说什么织布匠的儿子",这些话可是他以前想都不想的,但是现在他还是为了自己能够开始一种新的生活而兴奋不已。

苏博特听到他的话之后,兴奋地蹦得老高,他紧紧地拉着罗希克的手说:"你竟然是织布匠!还真看不出来啊!我现在很需要手工织布匠呢!你不知道,现在的手工织布匠很值钱的,我们学校花很多的钱都请不到合适的手工织布匠来教学啊!"

罗希克从来没有想过成为一名教师,于是他就跟着苏博特一起去了加尔各答,在一家纺织学校里做一名教师。他在那教了一段时间之后就领到了一份薪水,在支付了自己的房租之后,他就只剩下一点钱了,能存着的钱实在太少了,少到根本就不可能买得起自行车以及娶妻。

在他上班的那段时期，因为整个国家在抵制洋货，提倡用手工织布，所以学校一时间很红火，但是好景不长，之后就一直衰败了下去。罗希克在那里上班还是比较高兴的，只不过他那时候发现一些教书的同事都是只懂得空谈不懂实践的理论派，他们在如何去制作的方法上讲得头头是道，但是把材料给他们让他们去织布的话，那就简直不堪入目，他们使用昂贵的织布机器，但是织出来的布却不尽如人意，他们还专门为了这个事开会讨论如何处理这一堆废品！

罗希克实在受不了这无边无尽的争吵，他一门心思都想着回去，家乡的很多细节都在脑海里一一浮现，让自己深深地着迷。就是那些以前根本没有注意到的细节也开始记起来，比如会想起祭司家那个疯儿子，他常常出来欺负他们，但是罗希克有一次揍了他一顿。还有邻居家的黄牛，它们在夜幕降临的时候喜欢"哞哞"地叫着。

他还记起了那根鱼竿，他已经把它送给了戈巴尔，他现在想起了自己使用那根鱼竿的细节，他那时候用它来钓鱼，装填诱饵，还用它钓到满筐的鱼儿。除了这些，罗希克还非常地想念那些一起长大的朋友们，他们是那么的尊敬他，现在他已经不知道尊敬是什么滋味了。他想念活泼的戈巴尔，不知道他现在会不会演奏手风琴，他更加想念那个常常睁着一对大眼睛,充满好奇地望着自己的那个绍罗碧,还有她给自己带来的好吃的新鲜枸酱叶。

家乡的风景、友谊、亲人、爱情还有痛苦,都紧紧地包裹在罗希克身边,罗希克在少时就拥有过人天赋,但在这些地方却全部被搁置了,这里并不需要他。还去手工织布吗?他觉得这已经是即将过时的东西,机器生产的产品覆盖了商店、杂货店以及各类市场,就算是布匹也是如此情形,而且他必须承认,机器纺织的效率比手工的效率要高很多。

而且现在的纺织学校已经是一个乱七八糟的地方,来这里的人不可能学到什么东西,因为这里的老师只会空谈而不会实践。他开始感到绝望,回家的欲望又一次强烈起来,他太想回去了,甚至只要一想到回去,整个人就像飞一样的高兴。现在,只有家对他有一点吸引力。刚开始他还对学校有一定的好感,但是当学校拖欠他两个月工资的时候,他就无法忍受这里了,他最后的希望也破灭了,他只想回家去,早点回到哥哥的身边,他要勇敢地向哥哥认错,请求他的原谅。当然他自己也要接受失败这个事实,承认自己是个失败者。

住在隔壁的人结婚了,那天早上整个街上都是吹吹打打的声音,吸引了很多人来看热闹,他们相互打闹着。他非常不喜欢这种喧嚣的声音,他甚至感到烦躁,但是这种声音一直持续到傍晚还没有停止。

罗希克睡着了,在梦里,他看到自己穿着红色的喜庆衣服,头上包着围巾站在树林里,不知道他在那里等待谁,但是他好像听到了有人在说:"绍罗碧,你的新郎来啦! 快点去吧!"

他看到了绍罗碧那羞得通红的脸蛋,他想朝绍罗碧走去,想去牵着她的手,但是发现自己既不能动弹,好像被粘在那里一样,也不能喊叫,因为无论用多大的力气都喊不出声音来,好像被人掐住脖子一样。后来,他在挣扎中醒来,发现自己一无所有,绍罗碧不见了。他感到很痛苦,他已经有了心上人,但是却没有本事把她迎娶回家,他曾发誓要做个真正的男子汉,但是自己是个失败者。

他想到这里,就告诉自己,千万不能回去,不能回去被他们嘲笑,他必须成功才行!

六

月有阴晴圆缺,天气也有阴晴变化,本来是好好的晴天,可能在眨眼间就会倾盆大雨,罗希克的命运也和这天气一样,陡然发生了巨大的转变。

有一天,有一个叫贾诺基·农迪的富人把罗希克接走了,他很有钱,因为他听说在纺织学校里有一名手工织布方面的天才,并且出身很不错,于是他就去了纺织学校,在和校长简单沟通之后,花了一点钱就用马车把罗希克接走了！

罗希克在离开纺织学校之后,马上搬进了农迪先生家那豪华气派的三层楼别墅中,那里有一间专属他的房子,那里吃的穿的用的要比纺织学校好上几十倍。

农迪先生是个大富豪,他做着很大的生意。罗希克想不明白的是他在过去那么拼命地干活都得不到好的回报,但是到了农迪先生的家里之后,不做一点事就能享受到豪华的生活,穿着华丽的衣服,拿着丰厚的报酬,而且得到了富翁的青睐,所以,罗希克感到很诧异,但是真的要解释的话,还不是件容易的事,简单地说就是"苦尽甘来"。

不过,一切事情的发生还是会有原因的,否则罗希克也太幸运了,幸运得让人摸不着头脑。所以,原因到底是什么呢。

原来,农迪先生在以前是穷人家的孩子,远远不如现在这么富有,他在读大学时还是穷光蛋一个,但是他找了一个非常好的朋友,他的朋友叫霍罗莫洪·薄苏。他朋友的父亲是做大生意的人,是一个英国商行的经理,他是一个非常聪明的商人,所以有很多的大老板喜欢他。后来,贾诺基毕业后,他朋友看到贾诺基这么贫穷,于是介绍他一起去做自己父亲的那一行工作。

贾诺基虽然很穷,但是志向远大,他工作非常地拼命,一点也不比朋友做得差,所以取得了很好的业绩,得到了很多老板的青睐。他慢慢有了存款,所以就算是父亲去世了,他也有能力一直资助自己的妹妹完成学业。

他的妹妹比她的一些同龄人读了更多的书,所以那个时候她的同龄人都结婚了,但是她却没有找到婆家。不过,后来有一个卡亚斯特种姓的人来上门迎亲,给了 1 000 卢比的聘礼,把他的妹妹娶走了,于是他觉得这辈子已经没有什么可值得担心的了。

很多年过去了,霍罗莫洪·薄苏因病过世了,之后他的妻子因为思念丈夫也跟着去世了。霍罗莫洪没有子嗣继承,于是这么多年积累下的大生意就被贾诺基接手了,这样一来,贾诺基先生的产业就变得非常的大了,他开始变得富有。于是他不用再租房子过日子了,全家人住进了新买的漂亮的三层别墅里。他把那块一直戴着的已经磨得破旧不堪的表毫不犹豫地扔掉了,去买了一块崭新的金表,把它挂在脖子上,就好像是温柔的妻子一样依偎着他的胸膛,跟随着自己的心跳一起"扑通扑通"地响着。

他就这样成了当地有名的富贵人家。但是就算拥有越来越多的钱,他还是觉得自己年轻时因为贫穷而表现出来的那种努力让自己觉得是一种耻辱,他要把这种过去丢掉。

所以,他想自己一定要将女儿嫁给那种织布种田的人家。有过两个织布种田人家的穷孩子提亲,说愿意娶他的女儿,但是他们却是贪图他们家的财产而作出这个决定的,贾诺基在刚开始也不清楚。只是在后面办婚庆酒时,贾诺基的一些亲戚来现场大吵大闹,这样,两次婚礼都是以闹剧收场,到现在也没把女儿嫁出去。

贾诺基的那些亲戚觉得他要把女儿嫁给那些目不识丁的文盲,这是对他们整个家族的侮辱,而且怪他太不把女儿的幸福当一回事了。

就在他和别人闲聊的时候,偶然一次听到有人说在纺织学校有一个穷得叮当响的纺织教师,他叫罗希克,出身不错,他的祖上曾是奥巴拉摩·沙克,那可是当年的名门望族,不过现在家道中落。但就算是这样,贾诺基也觉得沙克家族的门第和声望远远比自己的家族强。

罗希克来到贾诺基的家里,女主人非常喜欢这个小伙子,但是她还是问丈夫:"他有没有读书? 他能配上我们的女儿吗?"贾诺基满不在乎地说:"那又有什么关系呢! 难道你不知道吗? 越是那些有文化的人,越喜欢以自我为中心,并且藐视教规。"

"那他富有么?"女主人不甘心地问道。

"他一无所有,但是这对我们来说是个优势,我们无须关心这个。"贾诺基说。

他妻子对他点点头说:"那很不错,只是我们还需要请一些亲戚来吧,否则太没面子了,这毕竟是嫁女儿啊!"

贾诺基使劲地摇头反对说:"为什么请他们来啊?千万不要有这种想法!你难道还没有被他们害惨吗?他们已经破坏了我们女儿的两场婚礼了,要是亲戚们都来了,又把婚礼弄砸了怎么办呢?没必要!我早就想好了,这次我们谁也不通知,等举行完婚礼再通知亲戚们吧。"

贾诺基很快就和罗希克说了这个事,罗希克当时想了一下就满口应允了。因为这对他来说是个好事,他日日夜夜地想着回家,但是又赚不了自己想象中的钱,但是现在答应贾诺基的话,他马上就能回家乡去威风威风了,而且还能向哥哥炫耀一番。所以,现在对他来说,贾诺基的提议简直就是沙漠中的泉水那么及时、珍贵,他几乎没有思考就答应了。

贾诺基问道:"需不需要通知一声你哥哥?"

罗希克摇头说:"没必要的,没必要通知他。"

他其实有自己的计划,他想在结婚以后,自己有了钱,就能骑着自行车回到自己的村里,让那些孩子们及哥哥好好看看自己的成就,他罗希克不是懦夫,他有本事养活自己,那样的话,对他来说不是更有吸引力吗?

婚礼如期举行,罗希克几乎还没和新娘见上几次面。贾诺基问他有什么要求的时候,他说自己除了想要一辆自行车之外,没其他的要求了。

七

在玛克月的月末,罗希克决定回去看一看。

那个时节,花香扑鼻,田野中的花朵都已开放,一阵阵浓郁的香味从四处涌起。人们在收割已经熟了的甘蔗,然后他们会榨出甘蔗糖水,这种活能够帮助大家赚到钱,是一种比较流行的方法。甜美的甘蔗香味在阳光的暴晒下变得更加浓郁了,他闻到这些小时候熟悉的味道,感到很放松。

罗希克的穿着打扮花费了他很多的心思,他在镜子前挑了又挑,选了很久才弄好,他的上身穿着一件非常华丽且熨得整整齐齐的翻领衬衫,下面穿的是名牌裤子公司——达卡制作的围裤,是很亮的黑色,看起来简直酷极了;因为天气还比较冷,所以他在衬衫的外边穿了一件黑色的西装上衣;脚上蹬着一双油光发亮的黑色皮鞋。

他骑着那辆富翁送的自行车,在乡下的土路上颠簸着,骑起来很累,还必须慢慢地骑,因为那些凹凸不平的路面会让他摔跤的。在土路的两旁有很多农民在田里干活,他们看到罗希克,觉得很眼熟,但是又觉得这是个高贵的人,不敢靠近他去认他。

当他骑着自行车来到家门口的时候,马上有孩子认出了他,并且叫出了他的名字,他们现在都已经很大了。绍罗碧的家也在附近,当孩子们认出他以后,赶紧跑到了绍罗碧的家门口大喊着:“绍罗碧姐姐的未婚夫回家啦!绍罗碧姐姐的未婚夫回家啦!”

戈巴尔刚好在院子里晒豆子,听到有人在外边喊着说罗希克回来了,正准备出去看看,刚好碰到罗希克走了进来。

天都快全黑了,孩子们围着他问东问西地吵闹着,然后都回去吃饭去了。罗希克在戈巴尔家坐了一会儿之后就说要回去,戈巴尔脸色很不好,想要他不要去,但是发现他都快到了他们家门口。但是罗希克看到大门都没有锁,好像是很久没有人住的房子一样,显得空荡荡的,又有点冷冷清清,院子里长满了高高的杂草,看上去有很久没人清理了。房子里没有灯,罗希克坐在空荡荡的屋子中间,好像听到了一阵轻微的哭泣声:“人去楼空了,人去楼空了。”

罗希克感到非常难过,他以前还从没有过这种难受,就算是饿肚子没饭吃时,也没有这么难受。他在不停地流泪,一直停不下来,他使劲地捂住自己的脸颊,身体因为过度伤心而颤抖着。没多久,他靠着门站在屋子里,看着这里边那熟悉的一切,远处的庙里传来晚钟的声音,这沉重的钟声让他的心情更加地悲凉。好像这就是哥哥临死前的告别之声。

这个自己魂牵梦绕的地方，现在自己真的回来了，但是却没有一丝的高兴。

戈巴尔慢慢地靠近他，脸色也很苍白，他望着罗希克，没多久，他就拍了下罗希克的肩膀，戈巴尔还没有开口，罗希克已经哭着先说："我知道了，我知道了，我哥哥他已经过世了。"

罗希克刚说完，感到自己像泄了气的皮球，一下子瘫倒在地上。戈巴尔赶紧把他搀扶起来，跟他说："罗希克，跟我走吧，去我们家，绍罗碧想见你。"

罗希克突然号啕大哭起来，他像愤怒的小孩一样挣脱戈巴尔的手，他在门口跪着，大声地呼喊着："哥哥啊！哥哥啊！哥哥……"

他多么希望能再见哥哥一面，在他小的时候，每次在外边受了什么委屈、伤害，或者想哥哥的时候，他只要叫一声，哥哥就会马上出现在他的身边，但是现在邦什博栋已经听不到他的声音了，回应罗希克的是一片寂静，一片绝望。

戈巴尔也跟着他哭了起来，因为他还从没见过罗希克这么伤心，他也为他感到心痛。

过了一会儿，戈巴尔的爸爸也过来了，他在罗希克的身边跟他讲了很久，说了很多劝他的话，过了很久之后，罗希克才同意去他们家。

罗希克又一次看到了绍罗碧,这个曾经让自己日夜思念的女孩。他看到她正把什么东西往墙边放,罗希克走了过去想看清是什么,他看到了以前自己绣的被面,而绍罗碧看到他来了之后,就躲进屋子里去了。

他走过去,抚摸着那熟悉的被面,把它掀开以后,一辆崭新的自行车躺在那里。

他马上就明白了这一切,在开始的时候他还不敢相信自己看到的景象。他的情绪开始不受控制,赶紧跑出了屋子,一种万箭穿心的痛苦让他几乎晕厥过去,他撕心裂肺地喊叫着,但是眼泪都流不出来,就好像被压抑住的感情一样,都郁积在了心口。

戈巴尔把事情和罗希克说了一遍,原来罗希克离家出走之后,邦什博栋更加卖命地干活,因为他觉得罗希克是因为暂时的赌气才走的,所以自己要赶紧赚足够多的钱,这样等罗希克一回来,自己就能送一辆自行车给绍罗碧作为嫁妆了。如果自己把这些事都做好了,就没有什么好担心的了。当绍罗碧家收到聘礼之后,就算罗希克没在这里,他们也会把绍罗碧当作是罗希克的未婚妻。又过了几天之后,他们家收到一辆自行车,这是邦什博栋给自己弟弟准备的礼物。

邦什博栋当时觉得自己已经耗尽了生命的能量，他叫来了罗希克的好朋友戈巴尔，跟他说："戈巴尔啊，请你们家再等罗希克一年，我想他一定会回来的。当他回来以后，请将这辆自行车送给他，这是他一直渴求的，但是我一直没有给他买，因为我太穷了，请你替我跟他说声对不起。"

罗希克看着那辆自行车，又听着戈巴尔的话，整个人悲伤到说不说话来，他想起了自己当年的誓言，他说不会再吃邦什博栋的饭，也不会要他的任何礼物。

但是自己今天回来了，哥哥为自己准备的礼物就摆着这里，这是自己当年多么渴求的啊！他甚至为了这个而和哥哥翻脸，但是到了如今，接受馈赠和回报的大门已永远关闭，自己将受到一辈子的谴责与愧疚，这件礼物实在太贵重了，他的哥哥邦什博栋将自己的一生都献给了织布机，用生命织出布来给他买了这件礼物。罗希克觉得自己也爱上了织布机，他也想像哥哥那样将自己余下的一生献给织布机，但是这只不过是个想法而已，因为这是不可能的，他早就把自己的一生都献给了加尔各答的财富，拜倒在金钱的脚下了。

11 偷来的财宝

一

所有男人都知道一件事:只有勇武的人才配得上年轻贤惠的妻子。可是我偏偏是一个很怯懦的人,而我偏偏又娶到了一个十分贤惠的妻子。这让怯懦的我很是满意。不过我的妻子她并不认为我是个怯懦的人,她认为我是个十分勇武的家伙。或者说,她是在我们结婚之后才发现我并不勇武的。

我很珍惜我的妻子,因为她就好像是我从别人那里偷来的财宝一样。

夫妻们应该都清楚,体谅和付出是二人关系的最好证明。

一般而言,男人们婚前都是百般殷勤的,而结了婚以后就和恋爱时完全不同,什么激情、甜蜜统统抛到一边。就像那些和海关员熟悉了的取货人一样,并不需要什么证件,只需要和海关员们点头打个招呼,他们的脸就是证件。

不过,这样的熟悉,一旦换了陌生海关员,就什么都没有啦!

对我来说,婚姻是一首单调而没有起伏的歌儿。虽然说它的重唱部分只有一段,可歌词却每天翻新,每天都有种种新样式。

哦? 我为什么会知道? 我怎么会知道呢? 那是因为我的妻子苏奈特拉啊! 她那时就每天表现出这样的新内涵。

她身上隐藏着很多还未发掘的新能量:她活泼开朗,她善于取悦丈夫,她能变着法儿的让我们的日子变得开心。

我们从来不会像其他夫妻那样每天过同样的、干瘪的日子,她每天都能给我带来新的愉悦。她简直像一位会魔法的仙女一样,她每天都有新的想法和"发明"。是的,只属于她的"发明"!

每天晚上下了班,妻子都准备了不同的惊喜:有时候是她亲自做得精致的提拉米苏,有时候是蓝色的闪着优雅光芒的加冰果汁,有时是盛在光洁银盘子里的冰激凌——啊,那美妙的巧克力味道远远地散发出来,我一进门就可以闻到它的香气。这些看似简单的事情对于那时的我来说简直就是一天最大的惊喜和期待了。快回家时,我甚至会想:我的妻子又在用什么办法来给我一天的惊喜呢?

我们有一个今天刚满 17 岁的女儿奥鲁娜。哦,我和妻子苏奈特拉就是在 17 岁结婚的,我们已经结婚 21 年了。可是她还是在打扮自己方面很用心。她很怕老,总是担心地问我自己有没有皱纹。每当这时候,我总是微笑着回答她:"没有。"

苏奈特拉十分喜欢穿白色镶着黑边的沙丽,我也觉得她穿这个很漂亮。有一些提倡穿着手织土布的家伙们就经常指责她,他们认为,只有穿着手织土布的印度人才称得上是真正的爱国者。面对这些指责,苏奈特拉从来都是默默接受。不过她也没有什么改变。她还是十分喜欢穿白色镶黑边的沙丽。

我很喜欢她穿镶黑边的白色沙丽,一穿上白色的沙丽,再稍微和其他颜色搭配一下,她就有一种令人感到新奇的魅力。她知道我喜欢她这么穿。是的,她的这身打扮让我觉得赏心悦目!

每个人年轻的时候都能从造物主那里感受到:有种情感只有爱情的秤能够称量出她的价值,她是那么的真实而幽微,又是那么的沉甸甸。高傲自负、自私冷漠的人的情感在爱情的秤上是无法称量的。我妻子把她全部的重量都放在爱情的秤上。我什么都不用做,只要我还活着就好了。我想,我有责任维护这样一位妻子的尊严,让她不受任何伤害。

有位圣贤有句话是这样说的:"人啊,认识你自己吧!"我就从自己平凡的生活中认识了自己的爱情。

妻子的爱情让我认识了自己,而有人则从恋爱中认识了我。

二

父亲是一家著名银行的董事。我是这家银行的股东之一。办公室的活儿多并且繁杂，大有做也做不完的趋势。这份工作已经损害了我的健康，使我不得不考虑换一份工作。我本来是打算去林业部门当林业巡视员来着，每天在林间一边巡视一边打猎。我认为这对身体健康很有好处。可是父亲似乎不大乐意，因为他总是说："你要知道，管理阶层的工作，对于我们孟加拉人来说可是再体面不过的了。"

我只能让步了：因为对于女人来说，丈夫的声誉更加重要。就像我的妻子苏奈特拉，她的妹夫，是一个由帝国聘任的教授，每次家庭聚会的时候，他们家的女眷们就会格外的骄傲些。

如果我当了林业巡视员的话，每天带着遮阳帽跑来跑去，虽然身体得到了锻炼，人也得到了自由，家中铺的都是老虎皮地毯，我的体重会因此而减少，但一定会使我家中的女眷，尤其是我的妻子蒙羞。这也太轻率了些。我绝对不会使我家女眷的名誉受损。

就像前面说的，一个银行的股东有许多杂事儿要做，这让我感觉到无比厌烦。更加让我厌烦的是，无休止的办公室工作正一点点消耗着我的青春和活力，使我渐渐成为一个老气横秋的家伙。不但如此，我的啤酒肚也一天天鼓起来。我说过，我的妻子苏奈特拉十分爱我，我想，她爱的不仅仅是我的才华，还有我英俊的仪态。

和苏奈特拉的依旧年轻相比，除了银行里的存款，我什么都没有留下。渐渐显现的衰老征兆令我十分恐慌:我怕失去我的苏奈特拉!

这个时候,我们的女儿奥鲁娜恋爱了。这让我十分欣喜,看着她和她喜欢的小伙子寒林在卿卿我我的样子,就好像看到了年轻时的自己。寒林这个小伙子充满活力,说话风趣幽默。不过,就像我当年一样,他的爱情之路也很艰辛。他远聪明于我,却没有我那么好的"狗屎运",他依旧在绞尽脑汁地讨好他的未来岳母,也就是我的妻子苏奈特拉。

不过他似乎并不怎么重视我这个准岳父,可能认为要先讨好心上人的母亲吧。不过我真的是很喜欢这个小伙子,他很像年轻时的我。奥鲁娜的母亲并不同意他们交往,这使奥鲁娜十分懊丧。有时她会为此哭泣,有时她坐在我脚边的藤椅上,向我诉说着他们的交往过程,我真的十分心疼,我做不到像苏奈特拉那样对女儿的事情不闻不问。

苏奈特拉其实很开明,只不过她低估了爱情的力量。她简单地认为,只要能够让两个年轻人隔一段时间不见面,他们的感情就会烟消云散了。

我并不赞同苏奈特拉的想法。就像一个人一直吃不饱的话,那么他就会对食物有一种病态的追求,正处于热恋期的孩子们,如果一旦被强行压制,也会对爱情产生一种病态的追求,这种病态的炽热会使两个孩子发疯的。

只是苏奈特拉她一定要这么做。

雨季来临了,被雨泡过的加尔各答,那些并不结实的砖木结构的楼房这时就越发显得脆弱不堪,就像我女儿奥鲁娜的心一样。雨停了,市内恢复了往常的闷热潮湿,在一片嘈杂声中,我隐约听到好像有人在哭泣。

苏奈特拉就像什么也没听见,继续缝一件衬衣。我悄悄走近女儿的房间,透过门缝,我看到了奥鲁娜:她恍恍惚惚地坐在开着的窗前,身体处在浓重的阴影里面。她没有梳头洗脸,所以看起来头发凌乱、面容憔悴。雨点儿透过窗棂打进来,奥鲁娜伴着雨声轻轻啜泣着。

我无法再继续忍受女儿的相思病,我立即坐下来写了一封长信用本城快递发给寒林,邀请他到家里来喝茶。对于这件事情,我事先丝毫没有让苏奈特拉知道。

对于寒林的突然造访,苏奈特拉十分吃惊,不过出于待客礼貌地接待了他。他一进门我就立即走上去和他热情握手:"哎呀,欢迎你的到来。我一直想请你来,一起讨论一下现代的一些新生事物。我以前所学的知识简直是太老旧了!"

研究学问并不需要花费太久,我想,我的女儿奥鲁娜一定看出了我的用意,她一定会在心里感激她有一个别人都没有的开明父亲。

在我们刚开始讨论量子理论还不到一分钟的时候,电话铃就响了起来。我急忙站起来解释:"啊,真抱歉,可能是有什么急事儿找我吧!你们先慢慢聊着,或者一起去运动运动也好。等我闲下来就回来,咱们接着讨论。"

"喂,请问这里是 1200 号吗?"

"不是,这里是 700 号。"我摇摇头,答道。

我挂掉电话之后下了楼,拿起一份报纸看起来。我想,奥鲁娜这个时候一定会很高兴的。

天渐渐黑了,我打开电灯。苏奈特拉走进来,阴沉着脸。我故意调皮地冲着她说道:"嘿,我说,要是气象学家们见到你现在的脸色,一定会做出暴雨预报,让大家少出门为妙!"

她冲我翻了翻眼,质问:"你为什么总是这样? 这么辜负我的好意?"

"我始终认为他们应该在一起。"我回答。

苏奈特拉叹口气:"如果按我的意思办,把他们分开一段时间,这样用不了多久他们自然就会分开了。"

"可是我们为什么一定要扼杀他们的孩子气呢？我倒是认为他们这点儿孩子气大可以永久保留，如果扼杀掉他们的孩子气，对他们的将来是一种遗憾。"

"你不相信本命星，对不对？可是我相信啊，本命星告诉我，他们不能结婚。"

"我压根就不知道那颗该死的本命星在哪里！我也不想知道！也许它从来就没有存在过呢？我不清楚本命星是怎么告诉你孩子们的本命的，可是他们的心早就结合在一起了，这一点我想我们都看得很清楚了！"

"哼！又是吵架！我和你就说不到一起去！你知不知道，在我们每个人一出生的时候我们的婚姻就已经由本命星注定好了！如果爱一个人又不能和他结合，这得是多大的痛苦啊，我可不愿意让我的女儿也受这种苦。"

"那，亲爱的，请你告诉我，该怎么知悉一对儿情侣能不能结合？"

"他们会有本命星亲笔签署的文件的。"

三

这该死的本命星！

我想我再也没有什么隐瞒的必要了，因为这该死的本命星差点儿毁了两段姻缘，还仅仅是就我知道的而言！

我想还是先从我和我的妻子苏奈特拉说起比较好。

苏奈特拉的父亲名叫奥吉特库马尔·帕达恰里亚。他出身于一个名门望族。不过，我想，我的这位岳父老爷子的童年过得应该也不算太开心，因为他是在教授吠陀经典的私塾里发的蒙，并且在那间私塾里待了很久。

后来他考进了一所农学院，至于是哪一所我就不清楚了，他最终获得了硕士学位。并且，除了农学之外，他还对占星学颇有研究。我亲爱的妻子苏奈特拉的爷爷是一位心理学家，因为他自己不能证明造物主和诸神的存在，于是他就哪个神也不信。至于他的儿子，也就是我的岳父大人奥吉特库马尔·帕达恰里亚老先生，就更不相信诸神的存在了：这一点在他对本命星的痴迷上得到了充分的印证。本命星就等于他的最高信仰，一切赞美都归于本命星。苏奈特拉有这么一个爷爷和这么一个老爹，她如此执迷于本命星，也就没什么好奇怪的了。我和她一向在本命星的问题上说不到一起，不过这丝毫没有影响我和她一向相处和睦。

我的岳父在还没有成为我的岳父之前是我的老师。也同样是苏奈特拉的老师。因为是同学，我和苏奈特拉接触很多。再后来，我就对她产生了爱情。再后来，通过某种机会，我认识了我现在的岳母碧帕博蒂。她是位标准的老派女性,不过由于长期和她的丈夫一起生活,她身上的迂阔之气并不严重。不过,她也有和她丈夫话不投机的时候,这也就是为什么我能在某些方面和她聊得来了。

在有一点上我和她高度一致:我们都不相信什么本命星。她相信她自己的保护神。她的丈夫总是取笑她:"哼哼,你生病的时候,你的保护神可没有保护你。"

她翻翻眼。她的丈夫又说:"哼,别不信我,总有一天,你会上当的,就算没有国王,但是他的卫士身上是一定会带有刀枪棍棒的。"

我的岳母回敬道:"哼,我才不管什么上当不上当的呢,总之我有我自己的信仰,在生病的时候,一想到自己的保护神,疼痛都会减轻许多呢。"

在很多观点上我们取得了高度的一致,所以她很喜欢我,我也因此可以放心地把自己的心里话讲给她听。

渐渐地,我发觉自己越来越喜欢苏奈特拉,已经到了不能离开她、一定要娶她为妻的程度了——可是我又怕她爸爸会把我们的八字拿出来问本命星,于是我就只好先试着讨好她妈。终于有一天,我鼓足勇气,说:"您看,我从小就失去了母亲,而您一直就只有苏奈特拉一个女儿,没有儿子,要是您也觉得我不错,我就去跟老师说说,求他把苏奈特拉嫁给我,然后您也就是我的母亲了,您看怎么样?"

"嗯,我的好孩子,你是个好小伙子,我很乐意你做我的女婿,不过,保险起见,你先把你的生辰八字拿来我瞧瞧。"我的岳母大人这样对我说。

我很快就把自己的生辰八字拿给了她。她看完以后直摇头:"这不可能,小伙子,你们的生辰八字如此不合,你老师是绝对不可能同意把苏奈特拉嫁给你的,她不仅是他的女儿,还是他的学生。"

"可是,您也是苏奈特拉的母亲不是吗?"我焦急地问。

"孩子,我了解你,也了解我的女儿,不过,我不可能跑到什么本命星那里去问这件事情。"

我十分沮丧,又心怀忐忑。本命星这个玩意儿本来就十分虚幻,我没法和虚幻的东西斗智斗勇,就更别提把它奉若神主、坚信不疑的准岳父了。

我和苏奈特拉的婚事就此告一段落。在此期间,去她家提亲的一波接着一波,把她们家的门槛都踩矮了一截儿。可是苏奈特拉一个都没有答应。我知道她是知道我们的婚事黄了才这个样子的,她是为了我呀!我的苏奈特拉公开表示,她将要终身不嫁,成为一名女博士,致力于学术研究。

苏奈特拉的母亲也就是我的岳母看到自己的女儿这个样子,十分担心,暗地里也掉了不少的眼泪,终于有一天,她把我叫出来,手里拿着一张纸:"孩子啊,这是苏奈特拉的生辰八字,你拿去,对着这个把你自己的生辰八字改一改再来提亲不就成了? 我的苏奈特拉再这个样子下去会疯了的!"

再后来,我顺利地和苏奈特拉结了婚,我的岳母不止一次拉着我们的手,一边掉眼泪一边说:"孩子,你在这件事情上做得太正确了。你是个好孩子,把苏奈特拉交给你,我很放心!"

事情距离现在,已经有 21 年了。

四

风越刮越大,渐渐地窗户被刮得"咣咣"直响,声音很是刺耳。我站起来关上窗户,然后对苏奈特拉说:"你把灯也关了,好吗?"

我在说一些话的时候坚持关着灯,尤其在说一些重要的话的时候更是这样。

尤其是现在。

因为我知道,一会儿,我的表情会是虚伪的、内疚的、痛苦的,我不想让苏奈特拉看见。

昏黄的街灯照进屋子里,在黑暗中,我觉得安心了很多。

我定了定心,让苏奈特拉坐在我旁边的沙发上,我伸出手臂环住她:"苏妮,你认为我们在一起合适吗?"

"你怎么这么问？我们在一起都这么久了,有什么问题吗?"

"嗯,如果,我是说,如果你的本命星其实并不同意我们俩在一起呢?"

"哈!我的本命星它怎么会不同意!它怎么可能不同意?它当然同意啦!"

"苏妮!你听我说完好吗?我们在一起21年了,有过无数次的争吵、无数次的相互抱怨,你难道一丁点儿都没有怀疑其实这是本命星不同意我们俩在一起吗?"

"你要是继续逼着我回答你的这些无聊问题,我可真的要生气啦!"

"苏妮!我们的第一个儿子在八个月大的时候就夭折了;我哥哥伪造了我父亲的遗嘱,偷走了应该由我继承的那份遗产。起先我的收入低微,甚至都不够我们糊口,可是即使是这样,你的母亲还是非常疼爱我们。只是不幸又发生了,你的父亲和母亲在大祭节的时候,因为意外而同时离世了。在他们死后,我们发现老两口还欠着一笔债。于是我们又承担起了偿还这笔债务的责任。我们在一起遭受了这么多的苦难,你难道真的就从来都没有怀疑过这是你的本命星并不同意我们在一起的表现吗?如果你可以提前知道会和我一起经历这些悲惨的命运,你会不会不想和我在一起了呀?"

苏奈特拉紧紧抱着我，一句话也没说，忽然间，我感到有炙热的眼泪掉进我的脖颈。

我紧紧地搂着她，叹了口气："可是，苏妮，这些和爱情相比都不重要不是吗？我们在一起，拥有爱情，我们一起走过了这些苦难，不是吗？"

"是的，我知道，亲爱的，我知道。"

"苏妮，你再想想，即使你的本命星因为我曾经的冒犯而立刻就让我死在你的面前，在我死之前，我已经弥补好了这些损失，不是吗？"

"好了，你不要再说下去了，我不想听！"

"那关于我们女儿奥鲁娜爱上寒林这个小伙子的事，我们只需要了解这一点，其他就都不要再多管了，你说是不是，苏妮？"

苏奈特拉依然沉默着，不过我知道，她应该想通了。

"当时我爱上了你，我就默默告诉自己，无论遇到什么样的困难，我最终都会顺利地跨过去，也无论本命星上怎么说我们的八字不合，我就是要娶你做我的妻子。我那时就已经暗暗发誓，以后有了孩子，绝不让他们为本命星所苦。"

我们正说着话，突然间楼上传来下楼的脚步声，寒林从楼上急匆匆走了下来。

　　"对不起,我忘记戴手表了,我不知道已经过去了这么长时间。"寒林有点胆怯地看着苏奈特拉说。

　　"不,孩子,在我看来一点儿也不晚,你一定要在这儿吃晚饭。"

　　哈哈,我亲爱的苏奈特拉现在就开始纵容她的女婿了。这一点她可真像我那可爱的岳母大人!

　　那天夜里寒林走后,我还是忍不住向苏奈特拉坦白了当年听从岳母的话,改了自己的生辰八字的事情。

　　她沉默了一会儿,说:"我觉得你还是应该隐瞒我一辈子,可惜……"

　　"为什么?"

　　"因为现在我开始担惊受怕了。"

　　"怕什么? 现在开始就怕当寡妇了?"

　　苏奈特拉又一次沉默了,过了一会儿,她说:"不是害怕这个。我是在害怕你抛下我一个人走在我的前头——这样对于我来说就等于经历了两次死亡啊!"

12 破裂

博诺马利和喜曼舒两人是远房亲戚,不过他们两家的关系并不算太远。这是因为两家已经当邻居很久了。两家之间就隔着一个花园。可说博诺马利和喜曼舒两个人的关系非常好。

博诺马利年长喜曼舒很多。在喜曼舒还是个婴儿的时候,博诺马利就常常在早晨和晚上抱着他到花园里呼吸新鲜空气,带着他玩耍。当他哭闹的时候,博诺马利就会安慰他,拍着他,直到他睡着为止。

博诺马利并不在乎他自己的学业。因为在他看来他的弟弟加邻居喜曼舒才是真正值得在乎和关心的。对于博诺马利来说,喜曼舒就像是一株藤蔓植物。他竭尽自己全部的能力去爱、去培育这株藤蔓。他自己就像——他也心甘情愿地做一棵树,任由藤蔓爬满自己全身的枝干。也只有这个时候,博诺马利由衷地感到了欣慰和满足。他觉得自己是世界上最大的富翁。

喜曼舒渐渐长大了,他和博诺马利成为了知心朋友,他们俩之间的年龄差距似乎就像不存在一般。

这种状态得益于喜曼舒已经开始读书习字了,在旺盛的求知欲和强烈的好奇心的驱使下,他会拼命地读他抓得到的每一本书。虽然也读了不少没营养的书,但他的素养还是得到了很大的提高。每当他在博诺马利面前念出某本书里的一段话,或者表达一些自己的看法的时候,博诺马利都是很用心地听着,哪怕博诺马利手头还有事情要做。博诺马利从不把他当小孩子。他十分满意眼前的状态,毕竟这个小家伙是自己从小看着长大的呀!

喜曼舒也很喜欢花园里的一切。不过细细比较之下,会发现他的喜好和博诺马利的喜好大不相同:博诺马利喜欢的是植物本身,他用心地栽培着这些匍匐在大地上的柔弱植物,他爱植物本身,爱栽培它们。而喜曼舒则喜欢一切和植物相关的知识性特点:他感兴趣的是种子如何发芽、出苗、开花、结果。

渐渐地,喜曼舒把自己关于花园的想法,比如如何布局、如何栽种、如何剪枝、如何施肥等想法都告诉了博诺马利,而博诺马利像往常一样愉快地接受了喜曼舒的这些建议,他们一同对花园进行了大改装,花园的样貌立刻焕然一新了。

博诺马利每天下午四点钟都会披着一条披肩,坐在花园正对面的凉亭里面乘凉。那座凉亭十分典雅,像极了祭祀用的亭子。博诺马利待在亭子里，无精打采地半躺半靠着。通常他还会抽着一袋水烟。一般地，他不看报纸也不看书。他的情绪就像燃烧的烟圈一样，慢慢地飞散、飞散、飞到空中，最终没有留下任何痕迹。不过，他好像在等待着什么。

不久，喜曼舒就回来了。博诺马利兴奋起来，他开始仔仔细细地洗脸、洗手，然后匆匆忙忙地喝了杯水。从他的神情中就可以看出来，他早前的左顾右盼、无精打采，原来就是为了等待他的小朋友放学。

接下来，他们会手牵手在他们的花园里散步。天色暗下来的时候他们会坐在石凳上休息一会儿。晚风吹着花园里的植物们，叶子发出"哗哗"的声响，在他们的头顶上，繁星泛着闪闪的光。他们就这样并肩坐着，除了植物和繁星，只有他们俩。

这时候，喜曼舒就会滔滔不绝地讲述他的想法和见闻。博诺马利虽听不懂他的小朋友在说些什么，不过他绝对不会打断喜舒曼。如果换了其他人的话，他一定会非常厌烦，只是这些话从喜曼舒嘴里说出来，他就会觉得十分有趣儿。

在博诺马利这位令人尊敬的成年听众的陪伴下，喜曼舒的记忆力、演说才华、想象力都得到了极大的提高和展示。喜曼舒通常是想到什么就说什么。这些知识有的是他从书本上看来的，有的是他听来的,有的则是他自己编出来的。他说的话自然也就有的可信,有的荒诞。不过博诺马利从不打断他。就算是他问问题,博诺马利也用一两句话就回答完,好使他接着说下去。

到了第二天,喜曼舒去上学了,博诺马利就独自坐在树下,思考着他的小朋友头天晚上告诉他的事情。他十分喜欢这种思考,他认为这是个打发多余时光的好办法。

在两人美好的友谊当中,两家人却发生了激烈的争吵。原因是在两家的住房之间有一条水渠。在水渠的一侧,长着一棵柠檬树。当博诺马利家的仆人想要去采摘这棵柠檬树上的柠檬时,喜曼舒家的仆人却阻止了他们。于是两家发生了激烈的争吵,以至对骂。如果骂声可以用物质来衡量的话,两家人的骂声足以把这条水渠填平。

在这次争吵之后,博诺马利的父亲霍尔琼德罗和喜舒曼的父亲高库尔琼德罗两位家长又大吵了一架,最后两家人都向法院递交了诉状,主张自己家对水渠的所有权。

两家都花了大价钱请来了最好的律师,好在法庭上代表自己阐述主张。这是一场极其耗费时间和精力的口水大战。双方为争夺水渠的所有权所花费的金钱,堆积起来,足可以把那条窄窄的水渠填满。

最后,霍尔琼德罗家打赢了官司,法庭正式宣判,这条水渠的所有权是属于霍尔琼德罗家的,那棵长在水渠一侧的柠檬树也是。尽管如此,对方还是都去法庭提出了上诉,但是上级法院依旧把那水渠及那棵长在水渠一侧的柠檬树判给了霍尔琼德罗家。

在法院审理这起案件期间,博诺马利和喜曼舒这两位远房亲戚外加忘年交的友谊并没有受到太大的影响。博诺马利甚至在想办法尽量长时间地把喜曼舒留在自己身边一会儿。对此,喜曼舒也没有表现出任何的不满。看起来,这对兄弟的感情是经得起利益考验的。

在法院判决霍尔琼德罗家胜诉的那天,博诺马利一夜没有合眼。而霍尔琼德罗家里到处都充满了喜悦气氛,第二天下午博诺马利满面愁容地走进花园,在他平时和喜曼舒一起坐的漂亮凉亭里坐了下来。这时,他觉得自己是这个世界上仅存的失败者,还是遭到一次大败的那个。

在这样的心情中,时间一分一秒地静静流逝了。时间早就过了六点钟,可是他可爱的小朋友喜舒曼还是没有出现。他无精打采地望了喜曼舒家的房子一眼:灯开着,喜曼舒的校服和书包已经挂在了衣架上,还有很多他熟悉得不能再熟悉的东西。这说明喜舒曼已经放学回家了。

博诺马利放下了烟袋,闷闷不乐,他在花园中走来走去,他无数次地望向相邻的喜舒曼家的窗子,他以十分热切的心情期待着喜曼舒的到来,可是喜曼舒始终没像往常一样走到他们俩的花园里来。

时间还是一分一秒地流逝了,博诺马利一直等着。他一直等,一直等。一直等到了晚上,等到远近的房屋都亮起了灯光的时候。他终于下定决心,朝着喜曼舒家的方向慢慢走去。

此时,喜曼舒的父亲高库尔琼德罗正坐在大门口。他看到博诺马利,就大声地问道:"是谁?"

博诺马利正在想着,待会儿见到他的小朋友喜舒曼,他该如何向他诉说,诉说他自己是多么盼望他的到来,诉说自己今天下午一直在他们俩的花园里等他。可是高库尔琼德罗冰冷的声音打断了他的思考。这使他觉得自己就像偷东西被当场抓住的贼一样。

"是你啊,你来找谁? 屋里没有人。"高库尔琼德罗声音冰冷。

博诺马利知道了高库尔琼德罗并不欢迎自己这次造访,他垂头丧气地走进花园,默默地坐着。

夜幕降临,博诺马利看着喜曼舒家的窗户一扇扇关上,看着喜曼舒家的灯一盏盏熄灭,他就这么眼睁睁看着这一切在他眼前发生。

在这漆黑的夜晚,这些对于博诺马利来说,似乎正预示着喜曼舒一家的所有门户都已对他关闭，只有他一个人，孤独地置身于这黑暗之中。

第二天，博诺马利又来到他和喜曼舒的花园里坐下来。他想：嗯，大概今天喜曼舒会来的吧，他每天都会来我们俩的花园的呀！可是，或许喜曼舒从今以后再也不会来了呢？博诺马利的心里越来越冷，他怎么也想不到喜曼舒这位小朋友会和他决裂。他开始觉得自己把全部生活的重心都放在和喜曼舒的友谊上是件很轻率的事情。他突然明白，从今天开始，他们之间友谊的纽带被拉断了，虽然他在内心里还根本不能接受这一点。

从那天以后，博诺马利每天都会到花园里来等着，他在等喜曼舒。他盼望着喜曼舒像以前一样，能到花园——他们的花园里来，哪怕来一次。可是，喜曼舒没来过，一次也没来过。

又是一个阳光明媚的星期天，博诺马利在心里暗想：嗯，又是一个星期天了，没准儿今天上午喜曼舒就会来的。并且还会像以前和我们家人在一起吃午饭呢！不过，连他自己也不太相信自己这个想法了。不过，他还是不愿意放弃。

眼看着上午就要过去，博诺马利又一次开始自我安慰："嗯，喜曼舒也是要吃午饭的，没准儿他吃完午饭就会来的。"

午饭时间过去很久了，喜曼舒还是没有到花园里来。博诺马利又开始自我安慰:"嗯,今天天气么好,我的朋友或许会睡个午觉再来?"其实,他并不知道喜曼舒是不是在睡觉,所以更不知道他什么时候睡醒。喜曼舒还是没有来。

就这样,一天又过去了。黑夜再次降临大地。博诺马利又一次眼睁睁地看着喜曼舒家的窗户一扇扇关上,眼睁睁地看着喜曼舒家的灯一盏盏暗下去。博诺马利不知如何形容这一切。

残酷的命运就这样又从博诺马利手里夺走了一周七天的时光。博诺马利没有实现自己的夙愿。他那含着泪水和委屈的大眼睛就那样看着喜曼舒家的大门、窗、灯光。所有的难受仅仅凝成了一句极为凄凉的话:"友谊啊!破裂了!"

13 河边台阶的诉说

如果石头有记忆的话，你一定可以在我的石阶上找到很多关于过去的记忆。现在，这些记忆被人们称作"故事"。如果，你想听故事的话，就请你坐到我身上的石阶上来吧，和这潺潺的流水一起倾听我的讲述。

到现在我还清楚地记得这个故事，就像现在，这个故事发生在还有三四天就到九月的日子里。

清晨，大自然刚刚从昨夜的黑暗中苏醒。和煦的晨风吹拂着树叶，树叶轻轻摇动着，一切都那么的生机勃勃。

恒河的水涨满了，只剩下四个台阶。河水和陆地像一对亲密的恋人，手牵着手每一刻都舍不得分开。在长满了芒果树的河滩上有一片水藻，恒河水已经浸润到了那儿。河湾处的三堆破旧砖头也已经完全浸泡在水里。系在河边的渔船，它们随着潮水飘摇着舞动着。那充满活力的潮水拍打着船舷，好像情侣们牵着自己爱人的鼻子，开着亲密的玩笑一样。

晨光！晨光！像赤金一样橙黄耀眼的晨光！我还从来没有见过这样耀眼的颜色呢。芦花也才刚刚绽蕾，还没有完全开放！

念诵着"罗摩、罗摩"，船夫们解缆开船了。小船儿扬着小小的风帆，迎着恒河上赤金一样的阳光启航，就像鸟儿在阳光下欢快地展翅飞向蓝天。这些小船像极了天鹅，不过它们的翅膀在天空翱翔，身子在水中。对你们来说，这件事已经是来自过于久远的年代，但是对我来说，它就像昨天才刚刚发生的一样。长久以来，我看着时光像恒河水一样在我面前静静流淌而去，似乎静止，又似乎如此飞速。白昼和黑夜就那么一个又一个地过去，没有留下什么踪影。

所以，尽管我看上去老态龙钟，可是我的心态依旧十分年轻。虽然我的记忆上面漂浮着一层厚厚的干草，但是并不影响干草下面河水的光辉。偶尔也会有折断的水草突出来，扎在我的心里，所以，你们不能说我的心里什么都没有留下。

在我身体的缝隙里面，长满着青苔和水草。长久以来，是它们呵护着恒河和关于恒河的记忆。而我，随着恒河水一个台阶一个台阶地涨落，也一个台阶一个台阶地渐渐老去。

丘克罗波尔迪家里的老太太，刚刚洗过了澡，穿着漂亮的衣服，捻着念珠回家去。她看起来已经和我一样老态龙钟，可是在我看来，她还是那个小姑娘，和当年在恒河里欢快戏水时的那个没有任何区别。她已经有了女儿,她制止过女儿们相互用水打着玩儿。她的女儿们现在也已经长大成人。我还记得呢,她当年最喜欢用芦叶卷成小船的样子然后站在我的台阶上把它们推到恒河里去,然后看着它们一点点漂走。

每当我看到这一切,我就想起恒河上漂浮的芦签之舟,那是一个个漂亮的小姑娘们站在我的石阶上推进河里的。我感到很有趣味。我就这样静静地看着人们一天天长大、一点点衰老。

重复的故事太多,可是我下面讲述的这个故事,应该不会重复发生了。

每当我讲述一个故事的时候,另一个芦签做的故事之舟就会也顺流漂过来。我因此记不得太多的故事。今天那一个几次都险些沉没的故事之舟再次漂了回来。除了叶子上载着的两朵小小的花,也没有什么了。不过要是哪个善心的小姑娘看到了,一定会叹着气把它拿回家去。

曾经,我还没有这么衰老,在我的左手附近也没有这两堆碎砖头。在那里有过一个洞穴,洞穴栖息过一只燕子。每当早晨它一醒来,就会舞动着那鱼尾似的尾巴,鸣叫着向天空飞去。这时候我就知道,我的小姑娘库苏姆该到河边来了。

我现在要说的这个善心的小姑娘,她的伙伴们管她叫库苏姆。

我想,这应该就是她的名字了吧。当她在恒河边戏水的时候,她站在我的身上,她的倒影映在恒河光滑的河面上,简直就像一幅美丽的图画。每当这个时候,我都希望恒河可以把她的身影留住。

她戴着四只脚镯。每当她在河边戏水或是踩在我的身体上的时候,她的脚镯就会叮当作响,声音十分动听。她其实并不十分爱打闹,她只是喜欢水,就像我喜欢她一样喜欢。但是她还是拥有很多朋友。她的女伴一点儿也不比其他姑娘少。她们会经常喊她的名字:"库苏姆——""库苏姆——"不过她的妈妈管她叫库十米。通常她都是安安静静地坐在河边,就好像她跟河水结下了某种特殊的缘分。

后来的一段时间我并没有再看到库苏姆。倒是她的女伴们经常到河边来哭泣。她们说,库苏姆嫁人了。她嫁去的地方没有河流和石阶。那里的街道、小路、风景、人群,甚至她嫁给的那个人,对她来说都十分陌生。可怜的库苏姆,好一朵荷花,被人硬生生移植到了陆地上!

时光渐渐流逝,我已经不太记得库苏姆了,来到河边的姑娘们也不再谈论她了,就好像其他的人或者故事即将过去。可是,多年以后的一天,我感觉到了一双熟悉的脚又踩上了我的身体,我抬起头:啊,那是库苏姆啊!

只是,我没有听到她叮当的脚镯声了。

长久以来,我总是同时感觉到库苏姆双脚的触摸和她那脚镯的响声。可是,今天却突然听不到她脚镯的声响。而且,库苏姆再也不笑了,虽然她还是像往常那么安静。因此,在我看来,在这黄昏时刻,河水好像在呜咽,风在拂弄着芒果树叶,悲悲切切,凄凄惨惨。

我听说她已经成了寡妇。她和她的丈夫刚刚结婚两天,她的丈夫就到外地去工作了。后来,她收到了一封来自远方的信,说她的丈夫已经死去了。于是她擦掉了代表新婚的朱砂发缝线,摘掉了首饰,又回到了恒河边的故乡。

但是,库苏姆再也见不到她的女伴儿们了,她们都已经出嫁。现在只有库苏姆一个人了。她还是像往常一样,静静地坐在我的台阶上。我多想向她呼唤啊:"库苏姆!库苏姆!"

库苏姆就像恒河那一天天涨起来的河水,一天天充满了青春活力——但是她那朴素的着装、忧伤的神情遮蔽了这些,使人们不容易看到她的青春活力。

村里的人谁也没有发现库苏姆已经长大了——就像我还是一直认为她还是那个小小的姑娘,只是她的脚镯真的不见了。不过,就像往常一样,每次当她站在石阶上的时候,我还是听得到那叮当的脚镯声。一晃,十年过去了。

那年九月的最后一天，一切就像今天一样平常：你们的妈妈洗完澡还是穿着漂亮的衣服回家，你们的曾祖母还是拿着铜壶到河边来打水，阳光也还是像今天一样和煦温暖。所有的人都像往常一样，谈笑风生地从我身边走过。

唯一不同的是就在那天早晨，来了一位苦行者。他身材细瘦，面容白皙。他就住在恒河岸边的一座湿婆庙里。

苦行者到来的消息很快传遍了村庄，姑娘们纷纷放下水罐，到庙里向这位贤者致敬。

到庙里去的人越来越多。这位苦行者礼数十分周到：他会抱起女人怀里的孩子，会询问她们家务做得如何；见到男人就关心地问他们的工作。很快地，他赢得了女人们的一致尊重，男人们也喜欢到庙里去。他有时候宣讲《薄伽梵书》，有时候诵读《薄伽梵歌》。遇到请教经典的人，他就耐心地和他们讨论。有时有人会去求符咒，也有时候会有穷苦人去求药方。他无论身份贵贱，一律真心相待。于是，姑娘们去河边打水的时候会经常说起他。女人们提起他，常常会这样说："你们看，他有多么的端庄呐！他简直就是湿婆神亲自下凡来到我们这间庙里！"

他起得很早，在每天太阳升起之前，这位虔诚的苦行者都会站在恒河水中，面向日出的方向，以他特有的深沉缓慢的语调来进行晨祷。每当这时候，我就听不到恒河的絮语，只听到他那使人心灵宁静的声音。我就这样每天听着他的晨祷，看着恒河东岸的天边慢慢升起红日，看着黑夜的花蕾慢慢绽开出鲜红的霞光，看着这鲜红的霞光一点点映红整条恒河。

我觉得，这位伟大的苦行者每天面对东方所念诵的，其实是一种伟大的咒语，随着咒语每个字的念出，黑暗这个女巫就渐渐无计可施。月亮星星这些黑暗的标志也会随之西沉、落下。

在晨祷之后，他会进行仔细的沐浴。当他颀长的、白皙的、瘦削的身躯挂着闪光的河水从恒河中站立起来的时候，霞光打在他的身上脸上，水珠儿也闪着光滴下来，他在晨光的照耀下，浑身散发着圣徒般的光芒。

几个月的时间很快过去，有一天发生了日食。人们纷纷到恒河进行沐浴，在河岸边的合欢树下也开了大集。人们也想借此机会看看这位尊贵的苦行者。从库苏姆家所在的那个村子也来了很多姑娘。

早晨，当苦行者一如既往地用他那特有的、使人心情平静的舒缓语调诵读经典的时候，一个姑娘看见了他，然后用手拍着另一个姑娘的肩膀："嗨，你看，这不是我们村里库苏姆的丈夫吗？"

被拍肩膀的姑娘透过面纱的缝隙观察了他一会儿，吃惊地说："我的天啊，真是他！他是我们村察杜久家的少爷呀！他成了苦行者!"

第三个姑娘没有过多显摆她自己的漂亮面纱,她说:"没错! 这前额、这鼻梁、这嘴唇、这眼睛! 的确就是他呀!"

第四个姑娘继续打她的水,连看都没看这位苦行者一眼:"怎么可能是他? 他不是死了吗? 他怎么可能复活?"

"唉,我们库苏姆姑娘的命真苦!"

"他没有这么长的胡子呀!"

"他也没有这么瘦呀!"

"好像他也没有这么高吧?"

她们议论着,始终没有达成一致,也绝不可能达成一致。

整个村子的人都看见了这位苦行者,只有我善良的小姑娘库苏姆除外。因为当时人太多了,她没有来——她一向喜欢一个人来。果然,几天之后,她一个人过来了,坐在石阶上,怀念着我们旧日的友情。

石阶上一个人也没有,河旁寺庙的晚钟刚刚敲过。晚钟的余音还和鲜红的晚霞一起渐渐消散。晚钟的余波也传到了河岸边的芒果林里,在树林中回荡、减弱。月亮出来了,河水平和如镜。

库苏姆一个人静静地坐在石阶上,安静如常。她把自己的身影洒在我的身上。库苏姆的面前是恒河,头顶是如水的月光,身后是无边的黑暗和寂静。偶尔,在树林里会传来几声豺狼的嗥叫,但很快也恢复了平静。

苦行者正慢慢地从庙里面走出来。突然他看到石阶上坐着一个女子,他一转身想要走回到庙里。这时,库苏姆突然抬起头来,定定地望向他。

沙丽从库苏姆的头上滑落,月光照着她。他和她的目光相遇了:他们好像彼此相识,又好像在相互辨认。似乎,他们在前世里见过吧。

猫头鹰的叫声使库苏姆感到十分恐惧。不过她在竭力克制自己的情绪。她把沙丽捡起来,用一端蒙住了头,随后站起来,向苦行者行了触脚礼。

苦行者接受了库苏姆的触脚礼,祝福了她,并问道:"你叫什么名字?"

"我叫库苏姆。"库苏姆静静地答道。

在那一夜,除了这些,苦行者和库苏姆再也没有说其他话了。库苏姆自己一个人走回了家。她的家离寺庙并不远。我们的苦行者就这样坐在我的石阶上,从黑夜一直坐到黎明,坐到他自己的影子落到他自己面前,他才从石阶上站起来,慢慢走回庙里。

从第二天开始,库苏姆每天就会向苦行者行触脚礼。每当他诵读经典的时候,库苏姆都会在一旁肃立聆听。当他做完晨祷的时候,他甚至会让库苏姆到庙里去,他会为她宣讲宗教经典。我不知道库苏姆是否听得懂那些。但是,当苦行者宣讲的时候她就会肃立在旁静静聆听。或者苦行者让她做什么事情,她都会麻利地完成。在敬神方面,她一丝不苟。

库苏姆会来恒河打水为庙堂做清洁,她还会采集鲜花供神。她还是会坐在石阶上。不过我知道,她这是在思考,开始思考苦行者告诉她的一切。她静静地看着河面,眼神静谧深远。她又恢复了微笑。她的心胸开阔了。

她沉静的脸上笼罩的忧郁开始消失。

每天清晨,当库苏姆向苦行者行触脚礼的时候,她的脸上闪过虔敬的光芒。她自己就像是她经常用来供神的洗净的鲜花一样,她周身散发着优美的光华。库苏姆那尘封已久的心灵又开始重新散发光亮。

时间一天一天地过去,在冬季即将离去的时候,冷风还在劲吹。一天傍晚,忽然从南方吹来了一股春风,天际中的寒意完全消失。在过了很多天之后,村里又响起了竹笛,还可以听到歌声。船夫们驾船顺流而下,他们停下桨,唱起了黑天的赞歌。鸟儿在树枝间跳来跳去,突然欢快地互相呼叫起来。春天就这样降临。

在春风的吹拂下,我的石头心也开始散发青春了。

不过,这段时间,我没有见过库苏姆。

庙里没有她的身影,石阶上也没有,她也没有在苦行者身边。

终于,有一天,他们在傍晚在石阶上相见了。

"师尊,是您叫我来的吗?"库苏姆低着头,恭敬地问苦行者。

"是我叫你来的,你最近怎么了,怎么这么不热心敬神了?"苦行者问道。

库苏姆沉默着,没有回答。

"请诚实告诉我你的心事。"看到库苏姆沉默了,苦行者这么说。

"师尊,我是个罪人啊,我怕我越像以前那么虔诚地敬神,我就越会亵渎神灵。"库苏姆把脸偏到一边。

"库苏姆,我知道你心里很苦恼。"苦行者语调温柔。

库苏姆心里很吃惊。她或许没想到苦行者会这么说。她用纱丽擦了擦眼睛,坐在苦行者脚边大哭起来。

"那么请你把你所有的不安都告诉我,我会指给你一条走向安静的路。"

"您既然吩咐,那我就告诉您。不过,我可能说不太清楚。一天夜里,我做了一个梦:仿佛梦见他是我心灵的主人。他坐在一个薄古尔树林里,用左手拉着我的右手,向我倾诉爱情。我当时并没感到这是不可能的,也不觉得惊奇。我醒了之后,梦境却深深地印在我的脑子里。第二天,当我看见他的时候,就觉得他已不像以前那个样子。我的心幕上经常出现那次梦境。由于恐惧,我就远远地避开他,可是那个梦境却总是缠着我。从此我的心就再也不得宁静,我的一切都变得暗淡无光。"库苏姆语调虔敬低沉,不过由于内心激动,有时候语调有些不清楚。

在库苏姆一边擦着眼泪,一边讲述这些话的时候,我感觉到苦行者在使劲用他的右脚踩石阶。我想,他的内心也一定在翻江倒海吧。

"你应当告诉我,你梦见的那个人是谁。"

"请您原谅我,师尊,这我不能说。"库苏姆双手合十。

"库苏姆,我是为了你才问你。你要明确地告诉我他是谁。"

"一定要说出他是谁吗?"库苏姆搓着手,好像下了很大的决心。

"是的,你一定要告诉我他是谁。"

"尊师啊,我梦到的那个人,他就是你呀。"库苏姆好像迫不及待地说。

库苏姆鼓足勇气,终于说出了自己的心里话,她好像用尽了一生的力气。当她说完之后,她就立刻失去了知觉,倒在了我坚硬的怀里。

当库苏姆恢复知觉后,她看见苦行者还站在原地。她马上坐了起来,他对着刚刚苏醒的她悠悠地说:"我吩咐你的一切,你都做到了，我还要吩咐你一件事，你也应当做到。我今天就要离开这里了，马上动身。我们不应当再见面了。你应当把我忘记。告诉我，你能做到吗？"库苏姆站起来，她望着苦行者的脸，"师尊，我能做到。"她用缓慢的语调回答道。

"那么，我就走了。"

她沉默着，向苦行者深深地鞠了一躬，抓起他脚上的尘土放在自己的头上。

苦行者走了。

"他吩咐我把他忘记。"库苏姆喃喃道。

说完，她就慢慢地、慢慢地、慢慢地走进恒河的水里。

库苏姆从小就生活在这河岸上，如果不是这河水伸出手来，把她拉入自己的怀抱，那么还有谁来拉她呢？

此时月亮已经下山，天一片漆黑。我听到了河水在絮语，可是我一句也听不懂。风在黑暗中呼呼地刮着，为了不让人们看见任何东西。他像吹蜡烛一样吹灭了天上的星辰。

经常在我的怀里玩耍的库苏姆啊，我心爱的善良的小姑娘啊，她在那天结束了玩耍，离开我的怀抱走了。至于她走到哪里去了，我至今也无法知道。

14　小媳妇

石博纳特是一位小学老师。他胡须刮得很干净,头发也留得不长,他的脑勺上留有一撮毛。学生们一看到他的外表就紧张。

在世间有这样一种动物,它们身上都是刺,嘴里却没有牙齿。可在我们的这位老师身上,这两样却都有。一方面,他那巴掌、拳头、耳光会犹如风暴一般光临这些小幼苗们,另一方面,他那种尖酸刻薄的话语就如同熊熊烈火,会烧得学生们灵魂出窍。

他常常说,现在已经没有从前的那种师生关系了,学生们对老师并不如天神一般的尊敬。所以他也就把那副并不存在的威严如狂风骤雨般的向学生们抛去,朝他们发出夹杂着污言秽语的恐吓性的吼叫。说他的吼叫犹如泼妇的疯狂咆哮毫不过分,在咆哮中,将这家伙的丑陋小人嘴脸暴露得清清楚楚。

换句话说,把石博纳特这位小学低年级教师比作一位凶神并不是对他有所贬损;而且,进一步说他是个魔鬼也没错。回想下跟他相处的那些年,我认为我们当初对他的评价一点都不为过。尽管那段令人终日胆战心惊的日子已经成为过去了，但那时候，我们巴不得从他所营造的地狱中逃离。

不过回头想想，魔鬼本来就是凶残的，不凶残又如何会被称为魔鬼呢？仁慈的神仙们可不会像他那样，只要我们按时供奉，他们就会给我们很多赏赐并保佑我们幸福平安。就算我们一无所有，哪怕采摘一朵野花给他们奉上，他们也会欣欣然。而魔鬼就不同了，他之所以成为魔鬼就是因为他和那些好心的神仙们不同，他频繁地出入人间，凶残地对待我们每一个人，所以魔鬼就是魔鬼。

我们当年的那位石博纳特老师就是这样的一个魔鬼，他有一样看上去毫不起眼却又极为恐怖的招数，令我们直到现在想起来都后怕。这个招数就是给我们起外号，给所有他不喜欢的学生起外号。虽说我们当时都只是小孩子，可是作为人，谁又不爱惜自己的声名呢？名字的作用对于一个人而言就是一个被用来呼唤的符号，可是他却连这个符号都剥夺了，反而给人一个感觉到羞耻的称号，这对于爱惜良好名声的人而言，不啻谋杀。对于那种爱惜自己名誉的人而言，遭受此种侮辱简直比杀了他们还难受，试问被那样呼来唤去，即使人还活着，可心灵上又会遭受多大的伤害啊！

这么说吧，在许多人看来，来自精神层面的打击远远要比物质的失去要重得多，因为人生并不能用物质的多寡来衡量，人的尊严要远远高于自己的生命，人的声名更远远比生命宝贵得多。

正因为人们在心中往往这么想，所以大家的感情极容易会因此而受到严重的影响。也正因为如此，我们的一个同学绍什舍科尔被老师"赠与"了一个"歪嘴鱼"外号的时候，他感觉到了巨大的痛苦。当他得知这个外号是缘于老师对他五官的印象之后，他的痛苦加剧了。

不过，绍什舍科尔是个坚强的人，他用坚强的意志挺过了这个羞辱，并且依然旁若无人般地坐在教室里。

阿舒在班级里的年龄最小，生性腼腆，不好意思和别人说话，大家都很同情他。每当别人和他说话的时候，他只是微笑不开口。他的学习很优秀，大家都喜欢和他交朋友，可是他却不习惯和别人一块玩儿；他很乖巧，放了学就立即回家，绝不在学校多待一分钟。

有段时间，阿舒家的女仆经常带着用莎罗树叶包着的甜食和一小铜罐水给他。每当那时候他就显得极为难堪，直到女仆走了之后他才恢复常态，作为一个小学优等生，他有许多优点，可是他却从不向其他学生显露这些。他也更不向同学们透露自己的家庭条件、父母、兄弟姐妹们的情况，好似这些都是秘密一般。

阿舒在学习方面近乎完美，只是偶尔会迟到而已。每当遇到这种情况，石博纳特老师就会不怀好意地对他进行询问，而他却每每没有一个让人感觉合理的回答。于是老师就会让失魂落魄的他把手放到膝盖上弓着腰到走廊边的楼梯去罚站。自然而然,整个年级的学生都会看到他在受到这种侮辱性的惩罚。

那天学校放了一天的假,第二天早晨,石博纳特老师坐在教室里的椅子上,眼睛死盯着门口,这时候阿舒走进了门,他比平日里更腼腆了,手里拿着一块石板和一个包着几本书的染了墨的旧书包。

石博纳特先生冷笑着嘲讽道:"啊哈,小媳妇来了。"

下课后,石博纳特老师对我们说:"注意了,大家都听着!"

这时候,阿舒好像是被一块巨大的磁石吸住了一般,但他依然面对着全班同学好奇的目光,只是有一条纤细的小腿在有意无意地晃荡着。是啊,随着时间的增长他也会不断长大,在将来的人生中也会遭遇许多的屈辱与不幸,可是或许没有哪天的不幸能与今天相比了,他今天遭遇了一场莫大的屈辱,这烙印会伴随他的一生。

不过,这事并不难以描述,几句话就可以说清楚。

阿舒只有一个小妹妹,那是个很小的女孩子,没有其他的姐妹,邻居中也没有同龄的女伴,所以她平时只好跟阿舒一起玩儿。

阿舒家的停车场就在阳台的下面,旁边围满了栏杆,只有一扇小门。放假的那天下着大雨,天上阴云密布,街上只有三两个行人打着雨伞匆忙行走,他们无暇顾及身边的一切,只是茫然地望着雨中的前方。在这个阴雨绵绵百无聊赖的日子里学校放了假,于是阿舒和她的小妹妹就一同坐在停车场的台阶上玩耍。

当时他们兄妹俩玩儿的是给洋娃娃结婚的游戏,小阿舒一边煞有介事的为洋娃娃布置"婚礼",一边指导着妹妹。

这时候他们忽然发现原来这游戏还缺少一个主持婚礼的祭司,于是小姑娘跑到雨中拉住一个行人摇动他的胳膊说道:"好心的先生啊,您能来当我们婚礼的祭司吗?"

这时候,小阿舒看到石博纳特老师站在停车场边上,因为雨大了,他收起了雨伞,浑身已经被雨水淋透了,他原本只是想来到停车场避雨,没想到却被一个小姑娘给拉住去做游戏。

阿舒看到了石博纳特老师后立即丢下了小妹妹躲到屋里,这个原本美好的假日就这么给糟蹋了。

第二天,当石博纳特老师当着全班同学的面用嘲讽的语气将这件事说了出来,并且给阿舒取了一个"小媳妇"的外号。小阿舒听到之后仍是以微笑来回应老师的叙述,并且试着用微笑来面对同学们的取笑。

就在这时候,下课铃响了,同学们鱼贯而出,阿舒家的女仆又带着莎罗树叶包裹着的甜点和盛水的小铜罐立在教室的门旁。

尽管阿舒依然带着微笑,可是他的脸却从下巴红到了耳根,脑门上也是青筋暴跳,他再也控制不住自己的情绪,眼泪吧嗒吧嗒地落了下来。

　　下课后,石博纳特先生在办公室里喝了一杯水后慢条斯理地抽起了烟,而同学们则围着小阿舒起哄、嘲笑,喊他的新绰号"小媳妇"。小阿舒哭着在想:和妹妹在假日里玩耍居然成了自己最大的耻辱,他不敢想象,究竟要到哪一天,大家才会忘记这件事!

15   胜与败

国王乌多耶纳拉扬有位公主叫奥波拉吉塔。在宫廷里有位叫谢科尔的诗人却从来都没有见过她。

但是，每当诗人谢科尔创作出了新的诗篇并为国王朗读的时候，他总是提高了嗓门，希望后宫里的女听众也能听到他的作品。在他看来，他的诗篇已经随着他曼妙的朗读声穿越了浩瀚的星空，而有一位从未谋面的女神此刻正陶醉于他的朗读声中，因他的诗篇而沉醉、幸福。

谢科尔时常陷入沉思，陷入那对公主的美妙幻想，幻想听到她那叮当作响的首饰，幻想她的玉臂红唇，幻想着她那涂了红的莲足上的黄金叶会随着公主的走动而发出歌唱般的声响。那白皙的足踝配着那歌唱是多么和谐的诗歌共鸣啊！

公主的女仆蒙乔丽每天到河边洗东西的时候都会从谢科尔的房门前经过，次次都会和他聊天。每当清晨和傍晚她都会打扮得漂漂亮亮到谢科尔的房间里去坐坐，这么频繁地到河边，并且穿着漂亮的服饰,戴着精致的首饰,这显然毫无必要,究竟是为什么呢?真让人难以理解。

人们对于这件事津津乐道,纷纷嘲笑起哄。这议论绝非毫无根据,因为谢科尔见到蒙乔丽总是笑得很开心,显得特别高兴,谢科尔也并不回避这一点。

虽然蒙乔丽的意思是"蓓蕾",但对老百姓来说,那不过是个女仆的名字罢了。但谢科尔不那么看,他给这个名字添加了许多诗意,把她称为"博尚托蒙乔丽"——"春天的蓓蕾"。几乎所有人知道后都在叹息:"哎,不幸开始了!"

后来,诗人进一步美化了这个名字,称之为"美妙春天的蓓蕾"。人们的议论最后终于传到国王的耳中。

国王知道了谢科尔的这种情思,感觉很有趣味,时常借此与他逗趣,诗人也毫不在乎地跟着一起笑。

有天,国王笑呵呵地问谢科尔:"蜜蜂是不是只有在春天的王宫里才会歌唱?"

"非也非也,如果花蜜丰盛得足够采集,在任何一个季节蜜蜂也会歌唱啊。"谢科尔答道。

大家都哈哈笑了起来,也同样为诗人的妙答感到开心。

在后宫深处,奥波拉吉塔公主也因此经常拿女仆蒙乔丽开心,但蒙乔丽并不会生气。

人生往往如此,真实与虚构相互混杂,这种虚构有的是上天所赐,当然也有一些是因为自己或自己周边的人胡来。生活本来就是一个夹杂着各种矛盾的混合体,有些源自天然有些始于人为,既有想象所生也有现实所发。

然而唯有诗人所吟诵之诗歌才是真实与完美的相结合。在他的作品中,有古代的先贤大哲也有无穷的痛苦与无尽的乐趣。但是其中,有他真实的自我。任何一个读过他作品的人,上自国王陛下,下至贫穷的乞丐,都能用自己的心灵去感受诗歌的真实性。人们纷纷传诵谢科尔的诗歌。

月落长河,乘风破浪,在全国的每一片树林,每一条道路,每一艘船舶,每一架马车,每一个院落中都能听到谢科尔的诗篇被高声诵读,诗人早已名扬天下。

诗人继续创作他的诗篇,时不时聆听他的朗读,蒙乔丽继续来往于河边,王宫里诗人期待的那个身影依然发出首饰碰撞所带来的醉人声响……

某天,来自德干高原的诗人蓬多里克来到宫中,这位闻名遐迩、才高八斗的诗人为国王写下了一首雄壮的赞歌。

国王极为尊敬地将诗人请进王宫。

蓬多里克傲气十足地对国王说:"好啊!让我与贵国诗人进行一次赛诗会吧!"

国王欣然应允,尽管谢科尔并不乐意,可却不得不遵从国王的要求而参加赛诗会。可什么是赛诗会,究竟该如何进行赛事他却全然无所了解。而蓬多里克那些声名显赫的大头衔以及传世巨作又令他感觉担忧、苦恼。

清晨,谢科尔战战兢兢地来到了会场上,从黎明的时候这儿已经人潮涌动热闹非凡。仅仅因为这场赛诗会,城里的所有活动全都停止了。

谢科尔尽量控制着自己的情绪,面露微笑向对手蓬多里克问安。而对方却态度倨傲,只是以手势草草回应,但是对自己的拥护者们却报以夫子般的莞尔。

谢科尔朝后宫望了又望,他在想,有无数双眼睛在盯着他并期待他的胜利,如果这场赛诗会能赢的话,我伟大的公主!美的化身奥波拉吉塔,那难道不是蒙你所赐吗?

大赛开始了,鼓角争鸣,乐曲悠扬。会场上的人们纷纷站起来为自己的诗人祝福。国王陛下一袭素装飘飘然来到会场坐到了宝座上。

蓬多里克赫然出列走到了国王面前,以深沉的嗓音吟诵起赞美乌多耶纳拉扬的诗歌。那洪亮的嗓音犹如滔天巨浪一般冲击着会场，爆发出壮烈的回响，在场的所有人都感觉到心在颤抖。

是技巧么？是艺术么？太伟大了！他居然对国王的名字做出了多个颂扬的解释，这是人们前所未闻的，原来国王名字的每个字母都是如此优美，如此押韵！

国王听后便醉了，仿佛酒杯仍在手中。他转而将目光投向谢科尔。诗人以一贯忠诚的目光回应国王继而起身。可是他却难以掩饰住自己的不自信，任何人都能看出他强作的镇定。

诗人想用眼神告诉国王："我的王啊，我是您的诗人，如果您需要，我可以为您做任何事情，可是……"他的头低了下来。

蓬多里克如同狮子一般站立，而谢科尔却好似雄狮爪下的羔羊。他显得苍白无助、虚弱不堪，好像一阵风就能吹倒的样子。

谢科尔试图开始吟诵，可是那微弱的声音几乎没人可以听清。之后，他似乎开始无视身边的一切，他那甜脆清亮的吟诵犹如烈焰腾空！他在吟诵，他在吟诵国王那显赫的家族，他在吟诵国王在历次征战中的英勇以及丰功伟业，没有任何人能像他一般表达出对国王那深厚的爱。

在吐露出最后的诗句后，谢科尔感觉自己除了对国王的一片赤心之外身体里空荡荡的，他说道："伟大的王啊！也许我的诗歌不能像蓬多里克那样将您完美地赞颂,也许我会落败,可是,只要有忠诚,名望又算得了什么!"

谢科尔颓然退下,王宫中此刻呼声雷动,"胜利属于谢科尔!"而蓬多里克对于这近乎狂热的欢呼则仅仅是轻蔑的一笑,他不可一世地向人们问道:"哦?忠诚?难道可以超过言词吗?"会场上又沉寂了。

蓬多里克以各种各样的方式来向大家展示自己杰出的学识,从《吠陀》和《吠檀多》等文献中引经据典,证明世界上只有言词高于一切。言词即是真理,言词等同于知识。梵天、毗湿奴和湿婆三大神祇都从属于言词,因此,就算他们也不如言词伟大。

蓬多里克雷鸣一般的大声质问:"你如何能证明有什么比言词更伟大?难道谁能超越言词吗?"然后他高傲而自信地环视四周,看到无人能应答后便满意地坐下了。

国王和学者们都在因他的言论而惊叹,即便是博学多才、能说善辩的谢科尔也感觉到了自己在蓬多里克面前的渺小,第一天的赛事就这样结束了。

第二天,谢科尔重新振作起来,上台后他就唱了一首情歌,那仿佛是布林达森林中首次被吹奏的牧笛,好似仙乐般飘飘,又好似这声音是从天上送来的一般。没人知道应该以什么心情来回应这仙乐。听到此曲的人无不双眼充盈着泪花,头脑中仿佛空了一般。

谢科尔此时忘记了一切,无论是国王、对手还是其他听众。他独自一人矗立在自己心中的竹林里吟唱着这首牧笛之歌。他心中只有那美妙的形象,只有那莲足带来的叮当声响……他唱完后浑浑噩噩地跌坐下来。

蓬多里克等听众的情绪略微平静后才从国王宝座前站了起来,问道:"谁是拉达? 谁是克里希纳?"

问过之后,蓬多里克环顾一下听众,并对自己的追随者微笑一下,再次问道:"拉达是什么人? 克里希纳是什么人?"接着,蓬多里克以博览群书的学识,自己回答刚才那些问题,说:"拉达这是一组神秘的音节,克里希纳是一种思考洞察,而布林达森林则是眉宇之间的一个斑点。"

蓬多里克绞尽脑汁,动员了每根神经,每根血管,绞尽脑汁,回答问题。他详细地解释了"拉"和"达"的含义,对"克"直至"纳"的每一个字做了各种各样的解释。一会儿,解释说"拉达"就是火,"克里希纳"是献给火的祭品;一会儿,解释说"克里希纳"是《吠陀》经,"拉达是哲理书";后来,又解释说"克里希纳"是一种学习,"拉达"是一种教导;"拉达"是争执,"克里希纳"是结论;"拉达"是辩论,"克里希纳"则是胜利……

蓬多里克讲完后，带着讥讽的微笑，朝国王和学者们，最后朝谢科尔看了一眼，就坐下了。他的意思很明显，即使在音乐方面，他也是最博学多识的。

果然，国王被蓬多里克罕见的才能所震惊，学者们也惊奇地茫然若失。在"拉达""克里希纳"的各种新颖解释之中，牧笛的歌声、贾木纳河的波浪以及爱情的迷恋，统统都冰消瓦解得无影无踪了，仿佛是有人从地球上抹去了春意盎然的嫩绿颜色，而将他里里外外涂上了神圣的牛粪。而谢科尔也开始感到自己近日来创作的诗歌惘然无用，他失去了再唱诵它们的信心。第二天的赛诗会就这样结束了。

第三天的时候，蓬多里克更加情绪激昂，精神抖擞。他旁征博引，以各种构词和写诗方法，以成语、俗语、俚语、格言、比喻、谜语等等手段，施展了语言艺术大师的那手绝招和看家本领。与会者听了后，惊讶得目瞪口呆，他们从没听过这么好的语言艺术。

他们现在才感觉到大开眼界，原来谢科尔的那些诗歌都太过单纯浅薄，只是表现了最一般的悲欢离合，并没有什么高深的文艺修养。他们感到：只要想写，谁都可以写出来，谁都可以当诗人，只不过因为不习惯，不愿意，无兴趣，才没有写出来而已。他的诗歌没有什么新意和难以理解的地方，没有给人以教育和启发。而今天蓬多里克所带来的则是另一回事。听过之后，使人浮想联翩，教育深刻。

他们从蓬多里克的渊博知识和高超技艺中看到,而本国的诗人太幼稚,太普通了,就如同树叶能感觉到清风吹过一样,谢科尔也很清楚听众们心中的想法,而且比他们所想的要多得多。

这天是赛诗会的最后一天,这天决定着最终的胜负。国王饱含深情地对着自己的诗人望了望,他用眼神告诉他——这是最后的一天,关键的一天,你应该尽全力进行反击。

谢科尔筋疲力尽地与国王相对视了一下,然后站了起来。他如此说道:"冰肌玉骨的沙罗斯瓦蒂女神! 如果你离开那莲花宝座来到这生死搏斗的战场,请告诉我,拜倒在你脚下,渴求长生不老赶路的虔诚信仰者,会有什么样的结局呢?"

谢科尔微微抬头,悲伤地诉说着,仿佛那冰肌玉骨的沙罗斯瓦蒂女神此时就在楼上,就在闺阁窗前,凝视着他似的。

当看到这一幕,蓬多里克突然狂笑起来。他当场以谢科尔名字的最后两个字母写了一首韵律诗,还说:"蠢驴怎么能与莲花相比呢? 驴子学唱歌虽然很努力,但什么收获也不会有的。沙罗斯瓦蒂女神的安身之所本在莲花从中。在伟大国王的管辖之内,女神有什么过错,硬要她屈尊去骑驴子呢?"

学者们听到这种语意双关的俏皮话,尽管并非所有人都明白其双关的含义,但也都放声大笑起来。

国王急切地等待自己的诗人谢科尔作出有力的反击,再三用急不可耐的目光,向他示意。可是,谢科尔却视而不见,置若罔闻,仍然一动也不动地坐在那里。这使国王非常气愤,国王对谢科尔暗暗生气,但谢科尔仍然无动于衷。

气愤的国王从宝座上走下,摘下了自己的珍珠项链戴到了蓬多里克的颈上。全场爆发出一阵叫好声。

就在这时候,从后宫传来了叮当的首饰响声,谢科尔听后立即起身,失神地离开了会场大厅。

在这无月的黑夜,不爽约的晚风将诱人的花香吹送到人们敞开的窗户里。

谢科尔从书架上取下自己的书堆在面前,从中挑出自己的作品,单独放在一处。这是他多年的心血。其中有不少作品连他自己也都差不多忘记了。他把这些书随手打开浏览起来。这时候,他觉得自己所有的作品都浅薄幼稚得不值一读。

他深深地叹了口气说道:"这可是我整整一生的心血啊!就这么些诗词,就这么些诗律,就这么些诗韵!可是今天,我的这些作品中,却看不到任何美感,见不到任何人生永久的乐趣,感觉不到任何宇宙歌声的回响,也发现不了内心任何深刻的自我表现!"

他像厌食症病人厌弃食品一样,把手头所有的书籍都推开扔掉,与国王的友谊,人世间的声誉,心灵里的幻影,理想中的奇景,这一切,在这漆黑的夜晚,都统统化为乌有,像泡影一样幻灭了。

面对着燃烧着的火堆,谢科尔把自己的作品一页一页地撕下来,扔到了火堆中。他忽然想起了一个笑话,不免苦中作乐地自言自语道:"伟大的国王举行隆重的马祭,今天,我却举行诗祭。"当然,他也想到,这一比喻也并不恰当。"举行马祭的马,是得胜回朝的马。但我诗祭的诗,却是已经败北的诗。要是在许多天之前,举行这样的诗祭,那该多好呀!"

一页又一页,一本又一本,谢科尔把所有的作品都烧掉了,烈火在熊熊地燃烧着,诗人很快就两手空空。他把手朝天一举,说道:"献给你,献给你!献给你!啊!艳丽的火苗!献给你!许久以来我就为你献供。今天,我把一切都献给你。火神!好久以前,你就以绝代佳人的形象在我心中燃烧。即使我是黄金铸造而成的,也要被你融化。何况,我只是一株卑微的小草,今天,当然要化为灰烬的。"

夜已经很深了,谢科尔把房间的窗子全都打开。黄昏时分,他就把自己喜爱的花朵,从花园里采集来了。有茉莉花,也有苹果花和栀子花,全都洁白素雅。他把花撒在干净的床上,屋里四周点着灯。

后来,谢科尔把毒药调在蜂蜜里,面色平静地喝了下去。然后慢慢走到床前,躺了下去。此时,他的身体已经不听使唤,眼睛也缓缓闭上了。

风中忽然传来了首饰的响声。一股头发的芳香,随着南风飘了进来。

诗人紧闭着眼睛说:"女神啊!你对崇拜你的人,终于大发慈悲了!这么多天之后,今天,你终于来了!"

他听到了一句亲切甜蜜的回答:"我的诗人,我来了。"谢科尔惊奇不已,睁开了眼睛。床前站着一位婀娜多姿的美人。

谢科尔已经临近死亡,他那双充满泪水的眼睛,是很难看得真切的。但他觉得蕴藏在心中的形象,终于在自己弥留之际出现了。而且她此刻就站在自己的面前,聚精会神地注视着自己。

美人说:"我就是奥波拉吉塔公主。"

谢科尔挣扎着坐了起来。

"诗人,国王对你的判决并不公正!"公主说着就把自己脖子上的花环戴到了诗人的脖子上,"诗人,你取得了胜利,我今天来为你献上胜利的花环。"

谢科尔脖子上戴着花环倒在床上,咽下了他胸腔里的最后一口气。